最美的四季唐诗

青少版

李颜垒◎著

段天舒◎图

中国经济出版社
CHINA ECONOMIC PUBLISHING HOUSE
·北京·

图书在版编目（CIP）数据

最美的四季唐诗/李颜垒著．

北京：中国经济出版社，2017.10

ISBN 978-7-5136-4899-8

Ⅰ.①最… Ⅱ.①李… Ⅲ.①唐诗—青少年读物 Ⅳ.①I222.742

中国版本图书馆 CIP 数据核字（2017）第 242513 号

策划编辑　崔姜薇

责任编辑　郭国玺

责任印制　马小宾

封面设计　任燕飞工作室

出版发行　中国经济出版社

印 刷 者　北京科信印刷有限公司

经 销 者　各地新华书店

开　　本　710mm×1000mm　1/16

印　　张　10.25

字　　数　118 千字

版　　次　2017 年 10 月第 1 版

印　　次　2017 年 10 月第 1 次

定　　价　39.80 元

广告经营许可证　京西工商广字第 8179 号

中国经济出版社 **网址** www.economyph.com **社址** 北京市西城区百万庄北街 3 号 **邮编** 100037

本版图书如存在印装质量问题，请与本社发行中心联系调换（联系电话：010-68330607）

序言

唐朝，诗人们的诗意天空

提起唐诗，你内心涌现出什么样的感觉？是否有一种齿颊生香之感？唐诗不只是风花雪月，不只是语言艺术，也不只是文学遗产，它用感性的经验表达了古今相通的人性，在那些风花雪月的背后，是中国文人做梦做得最深、最美的地方，是永恒的人性世界。

王国维在《人间词话》中说："词人之忠实，不独对人事宜然。即对一草一木，亦须有忠实之意，否则所谓游词也。"诗人应该拥有的，首先是一颗敏感而忠实的心。唯有拥有了如此的一颗心，诗人才能感受到世间的爱与恨，感悟出俗世的美与丑。拥有如此心灵的唐朝诗人，数不胜数，骆宾王、孟浩然、王昌龄即属其列。

骆宾王在其七岁的时候便写出了那首传唱千年的《咏鹅》："鹅，鹅，鹅，曲项向天歌。白毛浮绿水，红掌拨清波。"一首再简单不过的诗，却包含了美所必需的两个最重要的元素：声与色。于是，这首诗变成了一幅画，一幅有声音的画。

无论在何时，都无须费心去解释，即使是再稚嫩的孩童，也能在听到它的时候，看到一汪清水中白鹅划动的红掌。甚至会在晚上的梦境中，看到那只唐朝的白鹅朝自己游来。正是骆宾王那颗玲珑剔透的心，让他看到了白鹅的美丽，写出了这首已经歌唱千年并将一直流传下去的诗歌。

春眠不觉晓，处处闻啼鸟。
夜来风雨声，花落知多少。

又是一首脍炙人口的名诗——《春晓》。孟浩然这个山水诗人，他的一生是平淡的，但也因此使他拥有了一颗敏感的心，用诗人的法眼与嗅觉，去捉摸自然中最细微的感受，从中寻找诗意和人生的真谛。

这首《春晓》用简单明了的词语，讲述了诗人对“毫不相干”的他者的同情。在欣欣向荣的春日，与众人一同欢呼这一年中最美好的时节的到来，是再简单不过的事情了。但只有最伟大的诗人，才拥有一颗对泪水和疼痛最敏感的心，才能在一片欢呼声中看到华丽下的卑微，触碰到盛世下的伤痛。

高唱“黄金百战穿金甲，不破楼兰终不还”的王昌龄是何等的豪迈，但在他心中，还有一份关注人心的悲悯，因而，他能写出表达丈夫出征的少妇心思的《闺怨》：

闺中少妇不知愁，春日凝妆上翠楼。
忽见陌头杨柳色，悔教夫婿觅封侯。

在春日的阳光下，那个曾经豪情满怀地鼓励丈夫奋勇杀敌、建功立业的少妇，后悔了。她偷偷地在这美好的日子里，晾晒出自己淡淡的愁绪，如一条小溪，婉转而来，又婉转而去，留下的，是耳边潺潺的水声，和眼前潋滟的波光。一个以写边塞诗而闻名的诗人，能细致地描绘出少妇的“小心思”，相信他的心一定是无比细腻的，否则，何以写出如此的绝唱。

与王昌龄几乎同时代的陈子昂也写边塞诗，不过传递出来的更多是无人感知的孤独，心高气傲的陈子昂经历了世事的变迁登上幽州台时，他所感到的应该是发自骨髓的孤独和悲哀，因而写下了名传千古的《登幽州台歌》：

> 前不见古人，后不见来者，
> 念天地之悠悠，独怆然而涕下。

仰望蓝天，俯视大地，在这广阔无限的天地间，一种寂寞与孤独包围着他，这种孤独自远古而来，向未来去，它与永恒的时间和空间一起，永久地存在着。这孤独划破了时间的障壁和空间的阻隔，伴随着陈子昂的涕泪，肆意地充斥于一千多年的时空中，化为无穷。即使到现在，很多人听到这首诗，还是会噙着和他一样的眼泪。

同样，习惯了孤独的李白，一直将空中的一轮明月当作最好的朋友。在游山玩水时，有“一夜飞渡镜湖月”；在朋友离别时，有“峨眉山月半轮秋，影入平羌江水流”；在随军出生时，有“明月出天山，苍茫云海间”；在思念家乡时，有“举头望明月，低头思故乡”。在一个没有陪伴的夜晚，嗜酒的李白找不到陪他一起酣饮之人，他再次想到了“月亮”这个最好的朋友。

花间一壶酒，独酌无相亲。

举杯邀明月，对影成三人。

不食人间烟火的月亮，用单纯静穆的目光看着这个喧嚣的世界；身后的影子，虽很活跃，却也只会跟着人的脚步亦步亦趋。虽有三人之众，李白还是孤独的。三人，其实都只是自己而已。

孤独，是一种永恒，它与人类如影随形。而对于永恒的体味，一个几乎籍籍无名的诗人却给出了最好的答案。《全唐诗》中只收录了他的两首诗，史书里也鲜有他的记载，但他却用仅存的两首诗中的一首，造就了一个诗歌的传奇，诠释了永恒的深义。他就是张若虚，这首诗就是《春江花月夜》。这首诗已经超越了“诗中有画，画中有诗”的境界，它不仅是静止的画，还是流动的镜头，在展现美景的同时，还能引发一些令人惊异的思索。

江天一色无纤尘，皎皎空中孤月轮。

江畔何人初见月，江月何年初照人。

人生代代无穷已，江月年年只相似。

不知江月待何人，但见长江送流水。

与陈子昂“独怆然而涕下”的刚烈不同，与刘希夷“年年岁岁花相似，岁岁年年人不同”的悲观相异，张若虚面对永恒，选择的是淡定与从容，他用“人生代代”的蜉蝣瞬间达到了“年年相似”的永恒。他明白了，所谓永恒，就是那一刻瞬间的真情，是“何处相思明月楼”；所谓永恒，就是组合起来的瞬间。于是，当别人还在伤春悲秋之时，张若虚已将瞬间化为了永恒：用力抓住当下的一丝一缕，便已掌握了永恒。

有时候，欢喜、悲伤、幸福、孤寂，无一不是永恒。在这个文化的繁盛时期，诗人们用他们澄澈的心，与自然、与人世亲密接触，静心倾听花朵悄然开放的声音，用心感悟花朵默然凋谢的叹息，永恒便常驻于他们心间。

唐诗让人们听到了心灵的声音，善良、宽怀，这就是无尘的静谧的魅力。

赠荷花

唐代 · 李商隐

世间花叶不相伦，
花入金盆叶作尘。
惟有绿荷红菡萏，
卷舒开合任天真。
此花此叶常相映，
翠减红衰愁杀人。

收件人地址：

收件人姓名：

发件人地址：

明信片插图摘自《最美的四季唐诗·青少版》

目录

春之章　春意枝头

夏之章　夏日和风

秋之章 秋日私语

冬之章 冬夜客来

春之章

春意枝头

一缕春光冰始融，在唐诗的春天里阅读，如入一片绿洲，到处鸟语花香，景色宜人。诗人们用他们澄澈的心，一字一句中畅叙豪情幽绪，一亭一榭中寄托情愫，一扬一抑中细辨哲思，留给后人无限的怀想与向往。

缤纷绚丽的大唐扇面

唐代著名诗人张祜有诗云：

千门开锁万灯明，正月中旬动帝京。
三百内人连袖舞，一时天上著词声。

这里说的是一场盛大的歌舞宴会，其时，狂放不羁的音乐，“发扬蹈厉，声韵慷慨”，粗犷豪迈的动作，具有浓厚的战争气息，还有一种威慑力，令观者“凛然震竦”。艺术的珠玉便在一个个音符与动作间，坠落到了凡间。这是贞观元年（627 年）正月初三，李世民为庆祝自己的胜利，借春节之时宴请群臣。在君臣欢宴的时刻，李世民命乐工共奏《秦王破阵乐》，这是此曲第一次正式登场。

音乐戛然而止，下一个画面是在富丽堂皇的天竺宫殿中，跋涉千山万水而终于至此的玄奘，正在接受迦摩缕波国国王拘摩罗王的召见。寒暄过后，拘摩罗王问玄奘：“现在我的王国中有许多人都在吟唱摩诃至那国的《秦王破阵乐》，听说很久了，不知那个国家是不是就是您的国家呢？”玄奘答："那就是我的祖国，那首歌就是歌颂我国皇帝的盛德的。"拘摩罗王又说："想不到您就是那个伟大国家之人，我一直都很羡慕那里的风土人情，早已有东望之心，只不过因为山川阻隔而无法派遣使者前往啊！"一曲《秦王破阵乐》让两幅画面联系在了一起，也令整个唐朝扬名于遥远的异邦，真是出乎玄奘的意料，也正是这首声名远播的乐曲，揭开了大唐帝国的艺术帷幕，将一幅幅缤纷绚丽的精美扇面展现于世人面前。

远播海外的歌、舞、乐于一体的大型综合性歌舞剧，除了《秦王破阵乐》之外，还有《破阵乐舞图》。贞观七年（633 年），由当时精通音乐的大臣起居郎吕才协音律，魏征、虞世南、褚亮、李百药等一些文官作歌词，李世民根据多年戎马生涯的经验绘制成画，并命吕才依图教乐工 120 人披甲执戟而舞，歌颂李世民以武功定天下的壮举。

无独有偶，唐太宗李世民去世三十多年后，大唐帝国最具文人气息的那位君王——唐玄宗李隆基，再一次创造出了一首艺术史上不容忽视的曲子——《霓裳羽衣曲》。唐玄宗这位多才多艺的君王，不仅有辉煌的政绩，也是一个当之无愧的音乐家。他不仅爱好音乐，而且极有天赋。他精通音律，能作曲，随意即成；能演奏乐器，而且曲尽其妙。《霓裳羽衣曲》便是他一生百余首作品中最为后世所津津乐道的。

开元天子万事足，唯惜当时光景促。

三乡陌上望仙山，归作霓裳羽衣曲。

仙心从此在瑶池，三清八景相追随。

天上忽乘白云去，世间空有秋风词。

诗人刘禹锡在《三乡驿楼伏睹玄宗望女几山诗，小臣斐然有感》中提及，李隆基一日登三乡驿高处望女几山后创作了《霓裳羽衣曲》，这首曲子是我们古代戏曲发展鼎盛时期的唐代最优秀的宫廷乐舞曲之一，它以悠扬典雅、虚无缥缈的特色而闻名于世。它由唐玄宗亲自教人演奏，由宫女歌唱，乐曲表现的是仙乐飘飘、舞姿婆娑的情景，尽现其神仙般的生活。

或雄壮、或绮丽的曲调与舞姿，不应只有身处其中之人可以享受，于是，画师们用他们手中的画笔，记录下了每一次震撼人心的表演。

新旧《唐书》中都记载了这样一个故事：某天，有人得到一幅奏乐图，却不知其中演奏的是什么曲子，便拿去请教诗人王维。王维仔细看过之后，说："画中所画乃《霓裳羽衣曲》第三叠第一拍。"人们不信王维有如此深的音乐造诣，便找了一班乐工当场演奏《霓裳羽衣曲》，进行验证，果然如王维所言。不可否认，王维确实是个高手。同时，画作的精准也是不容忽视的，一个懂音乐与绘画之人，单从一幅画作便可准确地指出其所绘的内容，画作本身便已经是巨大的成功了。

在盛世的绘画领域，除了王维这位将诗和画熔为一炉的艺术大师之外，不得不提的是被后世尊称为"画圣"的吴道子。吴道子善画人物，他吸取法画流派的精湛技巧，同时大胆创新，使用圆润的兰叶描画法，又于焦墨痕中微施色彩，使画面富有立体感。他画的人物衣带飘飘欲飞，就像迎面吹来一阵和风，因此，人们用"吴带当风"来赞美他高超的绘画艺术技巧。

鸾吟凤舞纷层空，岂不大胜游月宫。

向非道子妙绝笔，那见开元全盛日。

宋代词人朱翌在《吴道子华清宫图》对他就是满满的盛赞。他还擅长画山水画，笔势洒脱，气势磅礴，一气呵成，对后世影响颇深，后世的水墨山水画，就是仿照他的这种画法。他的艺术风格，被后人称为“吴家样”，他的着色方法被奉作“吴装”。他一生画了很多流传千古的名画，单是在长安、洛阳一带的佛寺和道观里，就画了佛教和道教的宗教壁画三百多幅。这位被后世民间绘画和雕塑工匠尊为祖师的“画圣”，成了唐代绘画艺术界最典型的代表人物。

在这个中国古代绘画全面发展的鼎盛时期，无论是逐渐成熟并开始独立的山水画、花鸟画，还是融合秦汉、魏晋风格的人物画，其中所体现的艺术内涵也逐渐地渗透到了绘画之外的另一领域——书法之中。

中国古代的书法艺术也在这一时期到达了高峰，从南北朝沿袭而来的树碑立志之风尚，大大推动了书法的发展，而且书法艺术在唐朝受到了统治者的提倡和重视。唐太宗爱书法，命人搜求王羲之的墨迹，整理成卷；他也把书法的好坏作为选拔官吏的一项重要标准；他请字体以内刚外柔、雍容华贵而著名的虞世南做自己的书法老师……

书法在唐朝获得了最好的外部发展条件，因而有大批的书法家涌现。与虞世南并称为“初唐三大书法家”的欧阳修，其书法用笔刚劲峻拔，笔画方润整齐，结构开朗爽健，对后世影响颇深；“草圣”张旭往往醉后落笔疾书，常有佳作产生，他的草书变幻无穷，挥墨时飞动的姿势像舞蹈一样美妙；与其同时期的怀素和尚也以草书闻名，他的草书活泼飞动，像飞一样栩栩如生，有如笔下生风：

少年上人号怀素，草书天下称独步。

墨池飞出北溟鱼，笔锋杀尽中山兔。
八月九月天气凉，酒徒词客满高堂。
笺麻素绢排数厢，宣州石砚墨色光。
吾师醉后倚绳床，须臾扫尽数千张。
飘风骤雨惊飒飒，落花飞雪何茫茫。
起来向壁不停手，一行数字大如斗。
恍恍如闻神鬼惊，时时只见龙蛇走。
左盘右蹙如惊电，状同楚汉相攻战。
湖南七郡凡几家，家家屏障书题遍。
王逸少，张伯英，古来几许浪得名。
张颠老死不足数，我师此义不师古。
古来万事贵天生，何必要公孙大娘浑脱舞。

李白诗中写尽了怀素书写狂草的形态。

大气的唐朝盛世，孕育并发展出了大气的唐朝艺术，音乐、舞蹈、服饰、绘画和书法不过是大唐艺术这个扇面上的组成部分，辉煌的石窟艺术、闻名世界的唐三彩以及许许多多其他艺术形成，它们共同向后人展示着这个盛世的王朝，这个拥有高度发达文明的时代，这个以无所畏惧、无所顾忌的兼容并包面对世界的帝国，它的丰富所代表的魄力将长久地延续下去。

那年长安美无比

山河千里国，城阙九重门。

不睹皇居壮，安知天子尊。

……

这是骆宾王的《上吏部侍郎帝京篇》的开头几句，虽只有四句，我们已能感觉到这位初唐诗人诗作的雄沉和奇伟，感到了诗人旷远、博大、深邃的气魄。这是一首描写帝京长安的诗作，全诗很长，仅这几句，已如千钧之弩一举破题，我们不难想见诗人心中长安的奇伟。

那当年的长安，城阙高大巍峨，好像接近了天上的银河；宫殿金碧辉煌，好像集聚了太阳的光芒；街道方方正正，好像棋盘一样。一条条笔直的大路伸向远方，一匹匹骏马银鞍驰骋来往，一辆辆朱轮华毂穿梭如织。太空中的星斗怎么降落到了地上？那是凌晨大明宫早朝的灯火。太液池的春水如何漫上了十二街头？那是四面八方前来瞻仰帝京的宾客。城外四郊八方拱卫，离宫别馆凌山跨谷；大小河流四面环绕，园囿池沼星罗棋布。曲江池边浮觞流饮，乐游原上草树离离。登上大雁塔，北望五陵原上，西风残照，汉家陵阙；南望终南山下，蓝田日暖，美玉生烟；东望黄河滚滚，浮槎泛舟，可以直达东都洛阳；西望阳关大道，就是举世闻名的“丝绸之路”。当年，这里是“丝绸之路”的起点，从长安城下，一队队的骆驼驮着丝绸，驮着药材，驮着种子……驮着东方文化的宝藏，经过敦煌，经过碎叶，经过波斯和天竺，一直走向遥远的西方。西域的轻歌曼舞、远方的奇珍异宝，也源源传入中国，传入长安，给东方文化融入了新鲜的血液，使它更加丰富多彩、容光焕发，千秋万代永葆美妙的青春。

卢照邻的《第安古意》被称为骆宾王诗作的姊妹篇：

长安大道连狭斜，青牛白马七香车。
玉辇纵横过主第，金鞭络绎向侯家。
龙衔宝盖承朝日，凤吐流苏带晚霞。
百丈游丝争绕树，一群娇鸟共啼花。
……

随着诗人激情涌动诗才的展示流露，当年长安的街景实录就在我们的眼前。星罗棋布的商户店家在这里演绎着唐朝的繁荣。唐代长安城的城墙周长 36.7 公里，城市就像诗中所描述的那样呈棋盘状布局，由 11 条南北大街和 14 条东西大街组合而成；拥有 108 个“坊”（小区），由一条条巷道相连。坊外的东、西两市，对称地坐落在皇城外的东南和西南。

东市和西市是唐长安城的经济活动中心，也是当时全国工商业贸易中心，还是中外各国进行经济交流活动的重要场所。这里商贾云集，邸店林立，商品琳琅满目，贸易极为繁荣。

“东市”在隋代时称为“都会市”，唐朝时改称东市。位于长安城东，东西南北各长六百步（约1000米）。四面各开二门，中有“井”字形四条大街，把该市划分成九个方形区域。据北宋初作的《长安志》记载，东市经营的商品门类有220行，“四方珍奇，皆所积集”。唐武宗时，一天东市失火，烧毁曹门以西12行4000多家。由此推算，一行有300多家，东市的220行，店铺总数估计应超万家，可想当时东市的繁荣景象。

“西市”在隋代被称为“利人市”，唐代改称西市。位于长安城西，四面各开二门，市内有四条大街，把该市分成九个方形区域。街宽各百步，两侧有衣肆、药材肆、坟典肆、鞦辔行、绢行、秤行、麸行、帛行、寄附铺，经营各种商品的商贾近千家。大街四周又设有很多旅舍、旗亭酒肆及饮食摊点。通过丝绸之路来到长安经商的西域及中亚、西亚等地的“胡人”也多聚集该市，经营金银珠宝，并购买有中国特色的丝绸、瓷器并运回国去转卖。盛唐以后，西市的繁荣超过了东市，被人们称为“金市”。

啊，诗人们用诗歌来歌颂，这就是唐代的长安，这就是许多唐人居住生活的长安，这就是许多诗人歌咏抒怀、念念所系的长安，这也是使今人依然神往、仍然振奋的长安。

昔日龌龊不足夸，今朝放荡思无涯。
春风得意马蹄疾，一日看尽长安花。

这是孟郊科举得中后的诗作，从中我们不难想见诗人走马长安街，是何等的潇洒和自豪啊！寒窗十年无人问，一朝成名天下知，这是唐代无数读书人的梦想，能够在长安街潇洒走一回不枉此生啊。

长安寻诗，能够找到很多很多，这里是诗坛的中心，唐诗中开宗立派的知名诗人，几乎所有的唐代诗人都曾在此居住或者逗留，这里是风气之源，他们从长安走向全国。李白、杜甫、白居易……长安记下了一个个在唐代诗坛闪光的名字，而这些诗人的不朽诗篇也从不同的角度展示着一幅幅唐代长安的画卷。

长安一片月，万户捣衣声。
秋风吹不尽，总是玉关情。

若能生活在盛唐的长安城，何其幸也！巍峨的宫城不禁令人赞叹其宏伟与壮丽，置身于俗世的坊间很难不被其车水马龙的场景所感染，也很难不被李白《子夜吴歌》中长安妇女的一片痴情、爱心所感动，映入眼帘的各色人等照亮了人们的心灵。

红腰翠黛忆江南

春来江水绿如蓝，白居易，你凭栏时看到的是什么？是日出江花红胜火的陶醉美景，还是那风流潇洒的醉人往事？在江南的那时的你喜欢伫立船头，意气风发的诗篇撒向江面，那才是文人骚客过的日子。

在唐代，文人以骚为资格，所以称为“骚客”，亦如妓者以文为荣耀。在唐代，似乎没有红颜知己的诗人，就不是个骚客，故而说，唐代是个骚客时代。

因青楼激发文思，这类唐诗多之又多。有的粉香四溢、青丝粉面，笔端淋淋漓漓，只在那里自得和显摆。有的影影绰绰、闪闪烁烁，辞采在柔纱之下跃动，偏不急着触动心扉。

白居易的《宿湖中》属于后者，历来被评为精品。

水天向晚碧沉沉，树影霞光重叠深。
浸月冷波千顷练，苞霜新橘万株金。
幸无案牍何妨醉，纵有笙歌不废吟。
十只画船何处宿，洞庭山脚太湖心。

终于不办公了，放开喝吧！十只画船，挤满了花花绿绿的美人，晚上也不划回去了，就停在太湖水中！船上舱间多，随处都可以睡觉。

这就是曾经写出《卖炭翁》《琵琶行》的白太守？是的。苏州是当时的南方重郡，江东诸州中最大者，户籍十万，府兵五千。人口稠密，超过扬州，坊间喧闹，抵得上半个长安。不仅人烟树色无罅隙，十里一片青茫茫，而且处处楼前飘管吹，家家门外泊舟航。风景的秀美不亚于杭州，而热闹和繁华，却更比杭州强些。

苏州得名于姑苏之山，是春秋时吴国的都城，辖嘉兴、常熟、昆山、海盐等七县，十余万户。白居易早年游历这一带，倾慕长官之萧飒，曾叹“异日苏杭苟获一郡足矣”。而今，不仅拥有过杭州，又拥有了苏州，白长官怎不感到志得意满呢！

出刺苏州前，白居易的宦情久已消沉，觉得朝政纷纷，没有前景，年龄迈迈，没有意思，谁知江南美景四月天，处处莺莺燕燕，原先的一介渭北离乡客，一朝成了江南守土臣，精神得到了空前的提振。

苏州刺史比杭州刺史的责任更重，承担着较大比例的贡赋国税。说实话，白居易既然奉命，也确乎想勤于政事，效忠朝廷。刚到任时，他曾经十天没喝酒，半月没听歌，当然也不是忘记了糟香，找不到歌坊，只是工作繁忙，早起开始爬文山，黑天儿才得出会海，可怜朝朝暮暮的时光都消磨在书斋里。

终于放假，夜泛太湖。在游船上携群妓纵情宴乐，让白先生乐得合不拢嘴，有美女作陪、月色相伴，乐不思归，白天听着乐曲喝酒，夜里伴着佳人共宿、一连在太湖的船上五个昼夜，意犹未尽，还寄诗向好友元稹炫耀——

烟渚云帆处处通，飘然舟似入虚空。
玉杯浅酌巡初匝，金管徐吹曲未终。
黄夹缬林寒有叶，碧琉璃水净无风。
避旗飞鹭翩翻白，惊鼓跳鱼拨剌红。
涧雪压多松偃蹇，岩泉滴久石玲珑。
书为故事留湖上，吟作新诗寄浙东。
军府威容从道盛，江山气色定知同。
报君一事君应羡，五宿澄波皓月中。

苏州贵为江南大郡之尊，风光绮丽，气象万千，自不必说，而美女如云，不玩出点风花雪月，便不叫浪漫。因此，白居易在刺守苏杭时候，正是春风得意、风流潇洒的年月，经常携妓外出游玩，留下了段段风流。

西湖春天，不输太湖，三面群山环抱，三十里荷花，这真是一幅醉人的风景画。居官杭州时期，是白居易一生中最为放达的岁月，回到洛阳之后的白居易还致诗河南府尹李珏：

春色有时尽，公门终日忙。
两衙但不阙，一醉亦何妨？
芳树花团雪，衰公鬓扑霜。
知君倚年少，未苦惜春光。

你不要以为自己年轻一些，就不知赏游这大好春光啊，希望你带带头、闹闹春，也不枉了东都一任。

看来要把在江南的美事复制到东都了。这大好的时光啊，不宴游简直可惜了。到最后，白居易的建议被隆重落实了，于大唐开成二年三月初三日，狂欢于洛河，歌唱、舞蹈，“舞急红腰凝，歌迟翠黛低”。一时间红腰旋转，素袖漫飞，金钿闪耀，簪袂交错……引得洛水两岸黎民百姓也停下春耕，来瞧排场。

忆江南，忆江南的美景，更忆江南的美人，忆自己曾经的红腰翠黛纸醉金迷生活，何日更重游？

人人触摸李商隐诗意的雨

白石岩扉碧藓滋，上清沦滴得归迟。
一春梦雨常飘瓦，尽日灵风不满旗。
萼绿华来无定所，杜兰香去未移时。
玉郎会此通仙籍，忆向天阶问紫芝。

如丝春雨，悄然飘洒在屋瓦上，迷蒙飘忽，如梦似幻；习习灵风，轻轻吹拂着檐角的神旗，始终未能使它高高扬起。梦雨也是雨，是诗人用笔为雨穿上了衣裳，染上了色彩。

这场雨下在唐朝，下在大散关附近的秦冈山。这场雨是为圣女而下，是为自己一生的钟爱而下。这是大诗人李商隐《重过圣女祠》中的雨，迷蒙的春雨，一如他所有诗词的风格，雾里看花，水中望月，庄生梦蝶，虚虚实实有时比真真切切更美，花非花，雾非雾，是什么？一切都是你最美的想象，而李商隐的诗就是给你的一个想象的空间。月朦胧鸟朦胧，一切的动人之处就在那种朦朦胧胧之中。他的多愁善感和繁博的世相及复杂的意念，有时如七宝琉苏那样缤纷绮彩；有时像流云走月那样活泼空明，给人以强烈的美感。

锦瑟无端五十弦，一弦一柱思华年。庄生晓梦迷蝴蝶，望帝春心托杜鹃。

沧海月明珠有泪，蓝田日暖玉生烟。此情可待成追忆，只是当时已惘然。

我以为李商隐也是一个情种，像《红楼梦》里的贾宝玉，只是生不逢时。祖上没能给他造下一个大观园，没能给他配一群红男绿女的丫鬟小姐，所以他寂寞，所以他想望圣女，所以他不得志，所以他写诗。

据说当时他还做着官。在唐时做官是须有文才的，按理说，他应该用自己靠文才挣来的官，去一心一意地做事。可他却偏偏还要去写诗，写那些穷酸的诗，写那些凄凄迷迷、恍恍惚惚的诗，这自然要影响政绩，延误仕途。大唐后主李煜为写诗而丢了江山，李商隐是不是也为写诗而影响了升迁？

如今，李商隐已死去千余年了。当时他做过什么官，为民造了福还是作了孽，谁也说不清了，但他在圣女祠前，为我们记录下的那场缥渺虚幻的梦雨，却穿越了千年的烟云，在历史的任何一个季节里一直都在朦朦胧胧地下着，如同《锦瑟》中庄生的蝴蝶。

君问归期未有期，巴山夜雨涨秋池。

何当共剪西窗烛，却话巴山夜雨时。

一个长期在外的游人，难免会经常想到家的。写《巴山夜雨》时候，李商隐正在想家。家是什么？家是村头老槐树下的那口水井，是房后的一片柿园，是挂在山墙上的一张木耧，是母亲脸上苍老的皱纹，是老婆孩子热炕头。

李商隐好像永远离家很远，好像经常出门在外，他想家想得格外多，想家想得格外深沉。这次就是他想家想得最厉害的一次，那羁旅之愁、不得归之苦已与夜雨交织在一起，密密绵绵地涨满了秋池，弥漫于巴山的夜空。可以想想，做个诗人不仅要读万卷书，还要行万里路，做个小官不仅会得到升迁，还会遭到贬谪，而这些又都由不得自己，他只能背井离乡，辗转东西南北。难怪，形形色色的雨在唐诗里下得就特别多，在李商隐的诗里也就下得特别多，这是一种时代病，没办法。

现在的人生活节奏都很快，出门有汽车、火车，再快点的还有飞机，想在语言上沟通，拨个手机任何问题都解决了。相隔天南海北谈宗生意，有时也不过几分钟。就这样，人们还是步履匆匆、起早贪黑，整个社会都浮躁不安，忙得每个人连想家的工夫都没有了。不知道大家到底都在忙什么、赶什么？赶着享受生活，还是赶着累、赶着歇不上一口气呢？

这时候，再回来想想我们的诗人李商隐，劳作之余给自己留点闲暇，吃着土鸡，喝着纯粮佳酿，对着能涨池的夜雨，对着孤寂，想想家、写写诗，也未免不是一种境界。

《巴山夜雨》中的这场雨来得正好。

李商隐还真是偏爱雨，有一场雨，不过，下得真不是时候，早上不下，中午不下，晚上不下，偏要下在黄昏，竟还惹出一段无边无际的惆怅。

天舒
2017.9

山上离宫宫上楼，楼前宫畔暮江流。
楚天长短黄昏雨，宋玉无愁亦自愁。

这实在是一件没有办法的事情。李商隐爱雨爱得很独特，他爱的是微雨、夜雨、黄昏雨、梦雨、冷雨、秋庭雨。我们就不信在晚唐，在他生活的日子里，就没有下过春夜春雨，就没有下过知时节的好雨。也许，不是没有，是他没有发现这种雨的心情，没有这种感受。

雨在空中为云，在地上为水，在李商隐的诗中仿佛永远是飘泊，是迷离，是乡愁，是阻隔。在这首《楚吟》中，他是带着一种淡淡的忧伤、无限的凄楚走近了我们，让我们感觉到是烟一样的游动，水一样的柔弱，寒蝉一样的无奈。是啊，他身世沉沦，仕宦坎坷，东西路塞，茫茫无之，值此楚天暮雨，江流渺渺，不觉触绪纷来，悲凉无限。

这样说来，李商隐的一生是悲剧性的。也许我们也会吟读到他“春蚕到死丝方尽，蜡炬成灰泪始干”的诗句，总为春蚕、蜡炬的伟大而感动，后来才知道，这哪里是写什么春蚕、蜡炬，只不过借此抒情罢了。一个“丝”字谐音“思”，非到死不停止思念；不成灰，泪就不停地流。这其实是一种悲痛欲绝，一出悲剧故事。

红袖暗香，个性妩媚

南陵水面漫悠悠，风紧云轻欲变秋。
正是客心孤迥处，谁家红袖凭江楼。

诗人杜牧失意地待在唐末的南方，抱膝坐于船头，听船桨与水花相击的声音，一荡，又一荡。眼中的水道，无端地漫长了起来，直教他回望望不清来路，前望望不清去路。而突然，一抹优雅的红色闯入他的眼帘。岸边江楼上，一位红衣女子正凭栏远眺。秋日里泛黄的思绪刹那间被那红色冲淡许多。红袖，极贴切的借代，不去从正面描写女子的颜貌如何、容妆如何，单单只是一只袖子，飘飘扬扬，引人无限遐想。

这一唐代的红袖使得这首《南陵道中》灵动而活跃起来。

同样，这些红袖也使得大唐活跃起来，张扬着种种不同寻常的个性之美。

你看那诗中是如何歌咏的，“春日游，杏花吹满头。陌上谁家年少?足风流。妾拟将身嫁与，一生休。纵被无情弃，不能羞!”韦庄的这阕《思帝乡》传递出其他朝代不曾有过的女性勇敢。同样，诗仙李白的《秦女休行》更是让人口瞪目呆："西门秦氏女，秀色如琼花。手挥白杨刀，清昼杀仇家。罗袖洒赤血，英声凌紫霞"，这可是杀人啊，这可是女——杀——手——啊！

为父复仇，这种形象正是唐代女子的风采。

武则天的执政为唐朝这个已经趋于完美的时代，加入了更动人的一笔。一直以来被压抑、被束缚的女性，在这个开放、宽容的盛世也获得了"自由"与地位，女性便成了大唐帝国中不容忽视的力量。

你看她们都是怎么做的？一个平凡人家的王姓女子，被一个贼首抢去做了姬妾，她未如平常女子一般，抹脖子上吊，而是趁贼人醉卧之际，一刀砍了他的头，将其首级献于官府，众贼四处逃散，唐高祖李渊封她为崇义夫人，何等的勇气与魄力！

冯梦龙《情天宝鉴》里也有一篇撰写唐代女子的故事，《李节度使姬》。京师官宦子弟张生，在元宵那天到乾明寺游玩，拾得一件红绡帕，还裹着一香囊，上面有女子细腻的书法写成的绝句二首，并相约有缘人明年灯节相会，其中写道：

囊里真香谁见窃，鲛绡滴血染成红。
殷勤遗下轻绡意，好与情郎怀袖中。

没有遮遮掩掩，直抒自己约会的内心想法，何等的多情与大胆！而等待两位有情人欢会之后，女子依然真情告白："我是节度使李公的宠姬。李公老迈，一直耽误我大好的青春年华，我想和你逃离，怎么样？"于是他们带上侍婢彩云一起出逃，在姑苏城住了下来，传为佳话。

《唐律·户婚》规定：“子女未征得家长同意，已经建立了婚姻关系的，法律予以认可，只有未成年而不从尊长者算违律。”从法律上为青年男女的自由择配开了绿灯。唐朝女性的际遇，在整个中国历史中而言，无疑是幸运的。与其他时代女性的卑贱相比，身处唐朝的她们的社会地位高出了很多。单从最限制女性自由的婚姻看来，唐朝的女性便享有着“特殊”的待遇。

在这个特殊的时代里，婚姻思想开放，贞节观念淡漠。青年男女在择偶上相对自由，对美满婚姻也可大胆地追求。在婚姻中，不再只是丈夫可据“七出”之条休妻，妇女也可提出离婚，有的离异书上还有祝福之语：“愿妻娘子相离之后，重梳蝉鬓，美裙蛾眉，巧逞窈窕之姿，选聘高官之士……”

……本长安倡女，尝学琵琶于穆、曹二善才，年长色衰，委身为贾人妇。遂命酒，使快弹数曲。……

诗人白居易在《琵琶行》里叙述了一位商人妇在丈夫外出时夜半与一群陌生男子在船上聚会交谈并弹奏琵琶的事情。这在宋代及以后是决不允许出现的状况，在唐代，从一而终的封建贞节观念比较淡薄，妇女在社交上有极大的自主性。这一时期的女子所受的封建礼教束缚和压迫相对来说较少，也就有了较多的自由，因此形成了唐朝妇女开朗、奔放、勇敢、活泼的精神面貌，她们积极地参加各项社会活动，并在此基础上形成了独特的风格和思想观念。

云峰满目放春晴，历历银钩指下生。
自恨罗衣掩诗句，举头空羡榜中名。

女道士鱼玄机见到新科进士发榜的情景，心中又羡又恨，恨自己生为女儿，空有满腹才情，却无法与须眉男子一争长短，于是挥笔留下了这首无可奈何却气概喷薄的诗。唐朝前期的妇女，大胆追求个性美，除了功名外，还有追求喝酒，甚至追求喝酒的醉态美。唐明皇李隆基特别欣赏杨玉环醉韵残妆之美，常常戏称贵妃醉态为“岂妃子醉，是海棠睡未足耳”。崇尚醉韵的风气，还影响了女性妆容的风格。当时，女性化妆时，喜欢在脸上涂上两块红红的胭脂，称为“酒晕妆”。

片片行云著蝉鬓，纤纤初月上鸦黄。
鸦黄粉白车上出，含娇含态情非一。

卢照邻的这首《长安古意》描绘的就是当时贵族妇女的妆饰之盛。

唐朝妇女学习诗文蔚成风气，除了武则天、鱼玄机外，《全唐诗》中收录的女作者还有100多人。长孙皇后喜爱读书，亲手编纂《女则》三十卷，成了站在唐太宗背后的那个伟大女性；徐贤妃四岁能诵《论语》《毛诗》，八岁能写文章。武则天当政之后，在统治国家的权力结构中，出现了越来越多的女性。“第一女宰相”上官婉儿一生曲折动荡，投靠多种政治势力，展现了她独特的女性魄力和不朽的才华。还有“武则天第二”的太平公主，是唐朝的一个政治女强人，她也曾纵横捭阖得意于一时，但却终未能承传其母之志，位列九五。

在唐代的盛世华章中，红袖女子将其触角伸到了帝国的每一个角落，在那个庞大的封建王朝中，展现出了作为女子的妩媚与力量。无怪乎白居易在《长恨歌》中有云：“姊妹弟兄皆列土，可怜光彩生门户。遂令天下父母心，不重生男重生女。”这是在整个的中国古代历史中独一无二的。读唐诗，你我都爱煞了这些个性妩媚的女子，她们的绝代风情和楚楚眼波穿越千里烟波袅袅而来，丰润着妩媚的想象。历史是无法复原的，那女子如果轮回到了今天，看见自己在诗歌里那这般模样，想必也会如你我般热爱。

那一点点的女皇往事

明朝游上苑，火急报春知。
花须连夜发，莫待晓风吹。

那是腊月的午后，醉眼蒙胧的武则天游苑未阑，写下这首《腊日宣诏幸上苑》：明天我要游玩后花园，急速告知春天的神，让她下令使百花连夜开放，不要等到南风吹来方才开放。

诗歌排列工整，命令春神百花绽放，大有气势，凝神静气品读，一代女皇的面貌静静浮现。

武则天，一个颇具历史魅力与魄力的名字，最初之时是唐太宗李世民后宫里的才人。少女时代的她把女孩的美展现得淋漓尽致，以她的美丽、灵性、机巧和丰富的肢体语言获得了唐太宗的欢心，赐有“媚娘”的雅称，在百花园中艳压群芳。青年时期的她风韵更加迷人，让太子李治一见倾心，于是就演绎了秋波暗渡两情悦的历史佳话。

贞观二十三年（公元 649 年），唐太宗归无，则天与所有嫔妃被发送长安感业寺削发为尼。

看朱成碧思纷纷，憔悴支离为忆君。
不信比来常下泪，开箱验取石榴裙。

这阕“泪湿石榴裙”的《如意娘》柔情婉转、尽诉缠绵，看似是一般女子的传情之作，实际上是武则天对往事的点滴回忆，在这最失意的时光里，她怀念的是之前那美好的约会、关爱与缠绵，现在，只剩下支离破碎的记忆了。

她要感谢自己的这首作品，它使得她的人生由此改变，这诗中流露的怀念与柔情，特别是那句“不信比来常下泪，开箱验取石榴裙”，如果不相信为君流过的泪水，请开箱翻验红裙上的斑斑泪痕吧，使得李治即位后，借祭祀之名多次驾临感业寺。几经周折，武媚娘也终于成为唐高宗李治的皇后，她和唐高宗共生下六个儿女，他一生对她宠幸不减。他不仅爱她，而且对她信任有加，至死不渝，临死前还立下遗旨：“凡军国大事不决者，兼取太后进止”。

让皇帝爱上不易，让皇帝一辈子只爱一个女人更是难上加难！至今还有许多女人妒忌她，说她是一个精灵，是狐仙转世。我们不知道当时历史的原貌，我们也不知道她和高宗缠绵的情感世界，但可以做出这样的抽象推定：她艳美如花，柔情如水，醉人如酒；她是一杯透亮的茶，清香幽远；她是一首朦胧的诗，意境高雅；她是丰沛的甘霖，滋润了他心中的绿洲；她是一缕清风，拂去了他朝事的烦恼；她是一轮红日，让他阴沉的心空升起了太阳；她是一轮明月，让他感到温馨恬静……她温情婉约、风情万种，创造了一个女人永远美丽的神话！

就是这样，她在丈夫面前小鸟依人，在政治上却有着铁一样的手腕，她是一个伟大的政治家，也随着步入政治而改变。毋庸置疑，每个人对权势的欲望都是一步步膨胀的，在感业寺的那段时光，正值韶华的武媚娘期盼的可能只是借着新君的恩泽逃离青灯古佛，问情何寄，只望君王能顾盼。一旦再次步入宫闱，她内心所渴求的便是更高的地位和荣耀。宫中自古多怨火，最是蛾眉不让人，后宫粉黛的钩心斗角，不是东风压倒了西风，便是西风压倒了东风。

佐持朝政30年后的公元690年9月，武则天自称“圣神皇帝”，改国号为周，成为中国历史上空前绝后的女皇，上承“贞观之治”，下启“开元盛世”，一段日月当空的岁月为辉煌的大唐盛世写下了浓重的一笔。

九春开上节，千门敞夜扉。
兰灯吐新焰，桂魄朗圆辉。
送酒惟须满，流杯不用稀。
务使霞浆兴，方乘泛洛归。

如果说，武则天在称帝前三十余年参政执政的政治生涯中，已显示出惊人的政治谋略和手段，那么，在称帝之后的十余年中，则更充分地显示了她在用人、处世、治国等各个方面杰出的政治才能和政治家的气魄。从这首《早春夜宴》中，我们可以看到政治统治各方面的娴熟与成功。比如用人，要说武则天还真有容人之量，她不计门第，不避仇怨，不分性别，经常破格使用人才。她手下的女官上官婉儿是被武则天杀掉的宰相上官仪的孙女，但武则天发现了上官婉儿的智慧与文采，便将她留在身边，加以重用。凡是批阅奏章、起草诏令的事情，很多都交给上官婉儿办理。

一朝江山在手，这位政坛“铁娘子”将她的治国之路走得甚是精彩。她将整个国家治理得井井有条，后世的“贞观遗风”便是对她最好的评价。武则天的历史功过，恰如她所自立的无字碑歌，纵使日月当空照，是非功过任凭添。

是啊，有句古话不是说“人过留名，雁过留声”吗？多少人为了留名，费尽心机自己树碑立传。那无处不见的墓志铭，可谓应有尽有，然而，武则天却为自己立了一方“无字碑”，红尘一世，她寂寞过，抗争过，成功过，也失败过，这些都在她的无字碑上，都在她的往事里，汹涌澎湃。

上苑桃花朝日明

上苑桃花朝日明，兰闺艳妾动春情。
井上新桃偷面色，檐边嫩柳学身轻。
花中来去看舞蝶，树上长短听啼莺。
林下何须远借问，出众风流旧有名。

在一个草长莺飞、桃花盛开的时节，一名美丽的女子徜徉于宫廷深院中细想心事，因为她的美丽，新桃也来偷她的面色，嫩柳也来学她的腰身。这样一个美好的女子是谁呢？不用问，她的风流出众早就美名远扬了。这就是长孙皇后的《春游曲》描写的场景，所有的人都说，这诗是长孙皇后的自我写照。

从诗中，我们不能难发现长孙皇后超凡的审美趣味。桃面是外在的，身轻是外在的，翩翩舞姿是外在的，如莺的声音也是外在的。这些，只有在健康精神的凝聚之下，才可以概括为风流。真正的风流除了外在的美色之外，更重要的是精神。也许，长孙皇后的精神就在于她生命中所散发出来的理性的智慧之光。

这与她自小接受的教育有关，出生士族家庭的她，自小便受到良好的教育。她特别喜欢读书，对于这一点，史书有清楚的记载，她手不释卷，寒暑不改。后来，这自然是派上用场了——劝谏自己的丈夫。有一次，唐太宗要杀宫廷里的养马人，因为皇上喜欢的一匹马无疾而终。长孙皇后知道后，马上出面向皇帝提意见，“皇后庶事相启沃，极有利益尔”。而皇后所说的话，几乎就是《晏子春秋》的翻译，最后，唐太宗火气消解。

长孙皇后理性的一面还表现在她能理性地分析时局，做好自己该做的事。做了至高无上的皇后，长孙氏并不因之而骄矜自傲，她一如既往地保持着贤良恭俭的美德。对于年老赋闲的太上皇李渊，她恭敬而细致地侍奉，每日早晚必去请安，时时提醒太上皇身旁的宫女怎样调节他的生活起居，像一个普通人家的儿媳那样力尽着孝道。

虽然长孙皇后出身显贵之家，如今又富拥天下，但她却一直遵奉着节俭简朴的生活方式，衣服用品都不讲求豪奢华美，饮食宴庆也从不铺张，因而也带动了后宫的朴实风尚，恰好为唐太宗励精图治的治国政策的实行做出了榜样。

对后宫的妃嫔，长孙皇后也非常宽容和顺，她并不一心争得专宠，反而常规劝李世民要公平地对待每一位妃嫔，正因如此，唐太宗的后宫很少出现争风吃醋的韵事，这在历代都是极少有的。比起隋文帝的独孤皇后靠专制的政策和手腕来治理后宫，长孙皇后的行为更加让人信服与钦佩。

长孙皇后虽然是一个很有见地的女人，但她不愿以自己特殊的身份干预国家大事，她有自己的一套处事原则，认为男女有别，应各司其职，因而她说：“母鸡司晨，终非正道，妇人预闻政事，亦为不祥。”唐太宗却坚持要听她的看法，长孙皇后拗不过，说出了自己经过深思熟虑而得出的见解："居安思危，任贤纳谏而已，其他的，臣妾就不了解了。"李世民牢牢地记住了贤妻的"居安思危"与"任贤纳谏"。

有一次，唐太宗回宫见到了长孙皇后，他义愤填膺地说："一定要杀掉魏征，才能泄我的心头之恨!"长孙皇后问明了缘由，也不说什么，只悄悄地回到内室穿戴上礼服，然后面容庄重地来到唐太宗面前，叩首即拜，口中直称："恭祝陛下！臣妾闻主明才有臣直，今魏征直，由此可见陛下明，臣妾故恭祝陛下。"唐太宗听了心中一怔，觉得皇后说的甚是在理，于是就没有再计较此事。

长孙皇后不仅是口头上称赞魏征，而且还派中使赐给魏征绢四百匹、钱四百缗，并传口信说："闻公正直，如今见之，故以相赏；公宜常秉此心，不要转移。"魏征得到长孙皇后的支持和鼓励，更加尽忠尽力，经常在朝廷上犯颜直谏，丝毫不怕得罪皇帝和重臣。也正因为有他这样一位赤胆忠心的谏臣，才使唐太宗避免了许多过失，成为一位圣明君王。

其实，唐太宗也以理性著称，在面对秦始皇、汉武帝谋取长生的做法时，唐太宗极尽嘲笑。但是，晚年的唐太宗却又走上了这些前辈的老路。也许每个人在面对自己的生命尽头时，恐惧会自然生成。恐惧于是从天而降，从乱投医到不顾一切地迷信巫术，很多人都可能会选择这条最后的迷幻之路。

然而，长孙皇后没有，她的理性涤荡了所有的侥幸。她的生命即使到了最后一刻，仍然光芒四射，那是美丽，是庄严，是高贵。在她生命的最后时刻，众人希望通过大赦天下来治愈她的病情，可是长孙皇后自己坚决反对，她说："死生有命，富贵在天，非人力所能左右。若修福可以延寿，吾向来不做恶事；若行善无效，那么求福何用？赦免囚徒是国家大事，道观也是清静之地，不必因为我而搅扰，何必因我一妇人，而乱天下之法度!”她深明大义，终生不为自己而影响国事，众人听了都感动得落下了眼泪。唐太宗也只好依照她的意愿而作罢。

长孙皇后的病拖了两年时间，终于在贞观十年盛暑中崩逝于立政殿，享年仅三十六岁。弥留之际，她尚殷殷嘱咐唐太宗善待贤臣，不要让外戚位居显要，并请求死后薄葬，一切从简。林下何须远借问，简简单单地归去，是一种至高的美。

张志和隐居，与诗为伴

西塞山前，一条小溪潺潺流过，一位老翁身穿蓑衣、头戴斗笠、手拿渔竿坐在岸边闭目垂钓，天空一直飘着蒙蒙细雨，周围没有一个人影，偌大的溪边只有这位老者。

这位老翁今天坐在这里已经很久了，自始至终，他都没有动过一下，大多数时间里也都闭着眼睛，而手中的鱼杆，也静静地垂在溪边，只是有时随风轻轻地摆动一下，鱼儿仿佛从没有打算咬钩一般。

斜风细雨，水面微波荡漾，山水相映，天地间一片寂静。

哗的一声，一条鳜鱼跃出水面，打破了这份寂静，它翻了个身，重又回到溪中游走了。

老翁睁开眼睛，望着渐渐恢复平静的水面，在他面前水面就如同一面镜子一般，他凝视着这面镜子，看到了很多东西：功名、富贵、荣辱、生死……溪水依然向前流去，他轻轻念道："天下熙熙，皆为利来；天下攘攘，皆为利往"，念毕，又闭上了眼睛。

慢慢地，他复又睁开，再一次向那面镜子往去，世间万物，儒释道诸神、诸圣都浮现在镜中，甚至，他仿佛看到了组成宇宙万物的元素，它们在镜中排列着、运动着。他点点头，想到自己一直在编的《玄真子》，心里念道："反尔之视，绝尔之思，可以观。今天回去又可以添上新的东西了。"

这位老者的道号就叫作玄真子，尘世间的名字是张志和，他本名叫张龟龄，从小聪慧非常，十六岁时参加科举的明经科考试，高中明经及第，名动京师。他曾献策于唐肃宗，唐肃宗很赏识他，让他当翰林待诏，并赐名"志和"，恩宠一时。

无奈他的性子过于崇尚自由，常常直言敢柬，触怒了皇帝，被贬官南浦县尉。张志和也不恼，干脆索性不去赴任，托词"丁忧"回到老家，驾一叶之扁舟，日日泛舟湖上，徜徉于山水之间，自号烟波钓徒，过起了神仙般的日子，并扬言要去海上寻仙。他的哥哥张鹤龄怕他真的遁世一去不回，就在西塞山前买了块地，给他盖了几间茅屋，让他安顿下来，好看着他。

张志和也不拒绝，搬过来后果然老实不少，每天就是跑到溪边钓鱼，风雨无阻日日如此，却从没有钓到过一条，这也不奇怪，因为他从来不在钩上挂饵。"沿溪垂钓"，却"每不投饵"，那是因为其"志不在鱼也"，张志和每天坐在溪边沉思，修炼他悟道的层次，随着他修炼层次的提高，每次看到的景象也在一层层地深化。晚上回来后，他会将自己修炼的心得记录下来，编他的《玄真子》一书，隐逸的日子每天都这么惬意地度过。

想到这里，张志和又闭上了眼睛，似睡非睡。

空中传来了鹭鸣声，一对白鹭在迎风而舞，它们降落在水面上，捉住跳出水面的鱼就吃了起来。张志和又一次睁开眼睛，看着这一切，暗念道，无为而无不为，凡事切不可逞强。还记得前年的时候大运河要疏通河

道，差役来村里征集民夫，结果把他也抓走了。他也不公布自己的身份，拿起镐锹背上柳条筐就乐呵呵地奔工地去了，结果害得他那做县尉哥哥找遍了全城也找不到他，只好往府里报官，一层层去找，才终于在工地找到了他。

也不怪差役会误抓，大家找到他时，看他一身穿得破破烂烂的，怎么看怎么像流民。不过经这么一闹，大家都知道了张志和生活有多么困苦，皇上也听说了这件事，惋惜他的才华，就派了个御史来找他，希望他能跟着一起回京，重新做官。

张志和自由习惯了，打心眼里不愿意回京受那份拘束，但他又不表态到底肯不肯回京，一问他就打哈哈，留御史在茅屋里住了几天。这可苦了这位御史大人，他那破茅屋啊，柱子椽子都是树枝搭成的，连树皮都没有刮过，晴天跑风阴天漏雨，御史就这么跟他吃糠咽菜住了几天，实在受不了了，知道自己和他耗不起，磨不过他啊，只好自己跑回京城去了。

皇上也没办法，于是就赏给他一个小厮、一个丫头，让他们伺候他，又让当地政府按时给他发放补贴。张志和钱也懒得去领，仆人也懒得用，索性让他们结成夫妻，并给他们起了名字，男的叫渔僮，女的叫樵青，让他们陪着自己住。哦，对了，今天渔僮去城里领钱，怎么这么晚了还不回来？算了算了，不管了，张志和又闭上了眼睛。

不知过了多久，远远的他听到有脚步声朝他走来，大概是渔僮吧，张志和也懒得睁眼回头去看。“先生，我回来了。”果然是渔僮。“嗯。”张志和哼了一下，继续钓他那没指望的鱼。“先生，城里来了个新太守，叫颜真卿，他说很仰慕先生，想问问先生明日能否到他府中一叙。”

颜真卿？听说他能诗会赋，尤其是书法当世被喻天下无双，为人也正气得很，端的是一条汉子啊。只是他太争强好胜，凡事非要分个是非对错、上下高低来。明日找我，定是想与我在诗词书法上比个高下吧？自己若去相比，则会助长了他的争胜之心。可是若不去，这么一个人，正气太盛，于国家百姓当然是好事，但恐怕会伤及自身，又有心想点化他。一时拿不准主意，坐在那里，沉吟不语。

渔僮知道这位老先生的脾气，凡事都不置可否，什么事都漠不关心似的，能把人活活急死。就以为他毛病又犯了，低下头说："先生，那我明天进城，替您回绝了吧。"

"嗯。"张志和又是一声闷哼，渔僮转过身刚要走，就听背后又传来声音："你回去给我收拾一下东西，我明天进城住几天。"渔僮吃了一惊，回头看去，张志和还是背着身子坐在那里，他抬起手来摆了摆，"你先回去吧，我再坐一会儿。"

世界又留给了张志和一个人，风吹过，桃花落了下来，飘过他的身体，落在水中，随流水远去了，明天，就送这首《渔歌子》诗给他吧，张志和这样想到。

西塞山前白鹭飞，桃花流水鳜鱼肥。
青箬笠，绿蓑衣，斜风细雨不须归。

夏之章

夏日和风

夏花锦簇绿荫闹，唐诗的夏天迎来诗的盛世，如日中天的国力、血脉旺盛的生命力、八面来风的宏大气度，共同绽放出一朵让后世瞠目结舌的盛世莲花。才华超卓而风采各异的诗人纷纷登场，呈现出令人沉醉的生命意境。

多彩华服，罗衫半脱肩

看见过很多描写衣饰的诗词，看到了“罗衫半脱肩”这一句，不免有点讶异。薛能的《柘枝词》这样写道：

楼台新邸第，歌舞小婵娟。
急破催摇曳，罗衫半脱肩。

寥寥数语，仪态万方，写活了歌舞与衣饰，尤其是最后一句，让人反复揣摩品咂。千年之后仍有芬芳徐徐而来，那当然了，她的衣服都要掉下来了。

的确，提到唐朝的服饰，脑中总是会浮现出那个体态丰腴的美人，她身着长裙，裙腰高到胸部，半袒着胸部，裙长及地，裙腰以上绸带高系，几乎到腋下，肩背上搭一块帛巾，飘逸、雍容的形象不仅影响着当时的审美观念，也在后世人的心中生了根。这个中国历史上少有的胖美人，向人们展示了唐朝——这个中国古代服饰达到全盛的时期，让人们领略到了中国服饰中最为精彩的篇章。

日高邻女笑相逢，慢束罗裙半露胸。
莫向秋池照绿水，参差羞杀白芙蓉。

唐代诗人周濆笔下的邻家女子，一样巧笑嫣然，一样酥胸半露，一样美艳绝伦，一样说明着唐代女性时尚的主要潮流：服装样式由遮蔽而趋暴露，花纹由简单趋于复杂，风格由简朴趋于奢华，体型由清秀而趋丰腴。服装的面料也是相当讲究：绸裙、罗裙、纱裙、金缕裙、银泥裙等，让人眼花缭乱。

大唐的女子服饰主要分为襦裙服、男装和胡服三种配套服饰。

襦裙服是唐代妇女的主要服饰，也是唐代乃至整个中国服装史中最为精彩而又动人的一种配套装束。女子上穿短襦或衫，下着紧身长裙，佩披帛，加半臂。唐女的襦、衫等上衣，一般只长到腰。襦、衫领型有圆领、方领、直领和鸡心领等。盛唐时代有袒领，即领口开得很低，后世所见壁画中唐代仕女多袒领。披帛，又称“画帛”，通常由轻薄的罗纱制成，上面印画图纹，长度一般为二米以上，用时将它披搭在肩上，并盘绕于两臂之间。裙，是当时女子非常重视的下裳形式。制裙面料多为丝织品，穿着时裙腰高系，一般都在腰部以上，有的甚至系在腋下，并以丝带系扎，给人一种俏丽修长的感觉。有时甚至下身仅着裙，外披纱罗衫，致使上身肌肤隐隐显露，造成“粉胸半掩疑暗雪”“长留白雪在胸前”的审美效果。

如此的着装，出现在中国的古代社会，就足以令人咋舌，女着男装无疑是对古代社会所推崇的男尊女卑观念的一种颠覆，女着男装的风气在大唐开元、天宝年间尤其盛行。《中华古今注》记，“至天宝年中，士人之妻，著丈夫靴衫鞭帽，内外一体也。”

受北方游牧民族影响的女性服饰还有一个典型代表——胡服，这是一种包含印度、波斯等很多民族成分在内的民族装束。这种服饰的刚一传入，便令唐代的妇女有耳目一新之感，于是，一阵狂风般胡服热席卷中原诸城，其中尤以长安、洛阳等地为盛。较典型者，上戴浑脱帽，身着窄袖紧身翻领长袍，下着长裤，足登高腰靴。这样的女子形象于唐朝的石刻线画等古迹中均可见。

盛唐以后，胡服的影响逐渐减弱，女服的样式日趋宽大。到了中晚唐时期，这种特点更加明显，一般妇女服装，袖宽多在四尺以上。中晚唐的贵族礼服，一般多在重要场合穿着，穿着这种礼服，发上还簪有金翠花钿，所以又称“钿钗礼衣”。

风格各异的唐朝服饰上，总是有各式各样的图案，更显其华贵。唐代服饰图案，融周代服饰图案设计上的严谨、战国时期的舒展、汉代的明快、魏晋的飘逸为一体，用真实的花、草、鱼、虫进行写生。到了晚唐时期，花鸟服饰图案、边饰图案、团花服饰图案绣在帛纱轻柔的服装上，更是花团锦簇、争妍斗盛。这时，服饰图案的设计趋向于表现自由、丰满、华美、圆润的艺术风格，使服饰与服饰图案都达到了历史的高峰。

“罗衫叶叶绣重重，金凤银鹅各一丝。”“眉黛夺得萱草色，红裙妒杀石榴花。”唐代的裙子颜色绚丽，红、紫、黄、绿争艳斗妍，尤以红裙为佼佼者。街上流行红裙子，不是现代人的专利，早在盛唐时期，就已经遍地榴花染舞裙了。也许是受阴阳五行说的影响，杨贵妃最喜欢着黄裙，那可是地位的象征。

唐代的服饰丰富多彩、富丽堂皇，风格独特、奇异多姿，是中国历史服饰中的一朵奇葩，为世人瞩目。它反映了唐代文化的博大和超前与社会经济的繁荣发达，这既是美化生活的需要，也展现了唐代社会开放的气度和意气风发的精神风貌。

盛世已然远去，那着衣裸露的唐代女子，她们的风韵旖旎在古典诗词里，她们的历史遗留的石刻、雕塑、壁画等中，仍然有袅袅的盛唐之音还在耳边回响，华美的大唐服饰也一并在世人的脑中反复盘旋，令人一醉再醉。

半个盛唐都是李白的酒意人生

诗人余光中说："李白绣口一吐就是半个盛唐，三分化成月光，七分啸成剑气。"他仗剑而行，踏步而歌，在大唐的土地上犁出丰硕、浪漫、飘逸的诗行。这是源于他有酒。

君爱身后名，我爱眼前酒。
饮酒眼前乐，虚名何处有。

《笑歌行》一出，李白与酒的不解之缘可见一斑。酒，成就了李白；酒，也辉煌了唐诗。

杜甫有诗云：

李白斗酒诗百篇，长安市上酒家眠。
天子呼来不上船，自称臣是酒中仙。

好个"酒中仙"！寻酒不归的李白，天子差人找他；酩酊大醉的李白，宠臣伺候着他；睡眼惺忪的李白，却依然诗如泉涌，醉笔生花。

云想衣裳花想容，春风拂槛露华浓。
若非群玉山头见，会向瑶台月下逢。

《清平调》，云霞想要她的衣裳，鲜花想要她的容貌。多么绮丽的想象，于是，一个醉态可掬的李白，一个真真切切的李白，就这么潇洒地醉倒在天子的脚下，醉倒在众臣的面前。时至今日，大浪淘尽，李白依然鲜活地吟醉在我们脑海中。

“嗜酒见天真”。他的真，就如他口中的酒，不掺半点儿水。荣华富贵算什么！“钟鼓馔玉不足贵，但愿长醉不复醒。”功名利禄算什么！这一切的一切，都可随杯中酒一饮而尽，淡然而消。

喝酒时，可以是佳肴几桌，“黄金白璧买歌笑，一醉累月轻王侯”，王侯相陪，喝出一番滋味；也可以是一只鸡鸭，“白酒新熟山中归，黄鸡啄黍秋正肥”，因为有了这一只肥鸡，老小欢乐，一屋笑声；也可以只是一叠杨梅，“玉盘杨梅为君设，吴盐如花皎白雪”，除此，没有什么可吃的，依旧可以大饮特饮，共醉一场。

有人同饮，他“烹羊宰牛且为乐，会须一饮三百杯”，这是何等的气魄！他喝出了万丈豪情。无人对酌，他“举杯邀明月，对影成三人”，这又是何等的诗意！他喝出了浪漫飘逸。

得意时，他必须尽欢，“莫使金樽空对月”；失意时，他抽刀断水，举杯消愁，虽“抱用世之才而不遇合”。可我们看不到消沉萎靡的李白，李白依然故我。也许，正是酒，使李白愁而不悲，悲而不戚，戚而不伤，伤而不废。正是酒，使李白忘却了人间的烦忧。正是酒，使李白活得潇洒，活得从容。

于是，我们看到了一个“风歌笑孔丘”的李白，一个“天生我才必有用”的李白，一个“安能摧眉折腰事权贵，使我不得开心颜”的李白。

醉酒下的诗文，气势是强烈的，意境是奇特的，想象是大胆的，语言是夸张的。他让自己的生命力和个性在酒中充分地释放，在诗中尽情地张扬。想长安，“狂风吹我心，西挂咸阳树”；入京时，“仰天大笑出门去，我辈岂是蓬蒿人”；忧愁时，“白发三千丈，缘愁似个长”……

无怪乎杜甫赞他“笔落惊风雨，诗成泣鬼神”；于是乎，昂扬中我们看到了理智、陶醉中又见其觉醒；千里送别，“劝君更进一杯酒，西出阳关无故人”；思考人生，“青天有月来几时，我今停杯一问之”。

“酒意诗情谁与共？泪融残花钿重”，对比李清照，他少了份悲怆感，多了份洒脱飘逸。

对酒步觉暝，落花盈我衣。
醉起步溪月，鸟还人亦稀。

酒中乾坤荡荡，诗里皓月汤汤。酒孕育了李白的风流，酒升腾了李白的诗文。唯李白，方显酒的醇，酒的烈，酒的真，酒的香，酒的豪情万丈，酒的万古柔情，酒的羽化登仙。李白让中国酒文化得到了最好的传承。在李白的杯中，酒发挥得淋漓尽致，飘香流芳。李白因酒而越发洒脱飘逸，酒因李白而更加酣畅淋漓。不知是酒成就了李白，还是李白成就了酒。只知道李白与酒相得益彰，酒与李白已融为一体。

“日月终销毁，天地同枯槁”。所有的事物都是过眼云烟，既然天地和日月这些最经久的事物，也逃不过一劫。人作为世间的一种生物，也无一例外。人将更加短暂、更加仓促地面对自己的劫数。那么，人应该怎样面对自己的生命，才能活得不过分局促呢？李白从酒中解答了这个生命的疑问。

在李白看来，酒使人豪迈、旷达，这样，在人面对日月天地这些恒久的事物时就不显得局促仓猝。最重要的是，人还能在酒中获得激情，能充分体悟人生真谛。这样，人在酒中获得一种神力，抗拒人生的短暂，强化人生的体验，从而又一次接近了人想达到的高度。

纵观李白的一生，生乎为酒，死乎于酒，最后，他因酗酒过度在采石矶赏月时不慎失足而殁，月光下的采石矶回响起他不绝的吟诵：

君不见，黄河之水天上来，奔流到海不复回。
君不见，高堂明镜悲白发，朝如青丝暮成雪。
人生得意须尽欢，莫使金樽空对月。
天生我材必有用，千金散尽还复来。
烹羊宰牛且为乐，会须一饮三百杯。
岑夫子，丹丘生，将进酒，杯莫停。
与君歌一曲，请君为我倾耳听。
钟鼓馔玉不足贵，但愿长醉不复醒。
古来圣贤皆寂寞，惟有饮者留其名。
陈王昔时宴平乐，斗酒十千恣欢谑。
主人何为言少钱，径须沽取对君酌。
五花马，千金裘，呼儿将出换美酒，与尔同销万古愁。

惟有幽人自来去，浩然终归田园

山寺钟鸣昼已昏，渔梁渡头争渡喧。
人随沙岸向江村，余亦乘舟归鹿门。
鹿门月照开烟树，忽到庞公栖隐处。
岩扉松径长寂寥，惟有幽人自来去。

《夜归鹿门歌》这首诗，一点一点把读者带到很幽静的地方，随之，心便沉淀下来，所有的喧嚣都被关在了门外。在这首诗中，有静悄悄的夜晚、朦胧的树影、岩穴的山门、松间的小路，还有独行的自己。山月一出，清光朗照，为大自然所融化，至于忘乎所以。

它的作者是我最喜欢的诗人孟浩然，他为我们留下了两百多首诗，他的诗清新自然，不事雕琢，读来恬静闲适，波澜不惊。没有暗含着隐喻，也感觉不到托物言志，正因为此，后人很难从他的诗中附会出什么，没有被改造的价值，人们也就不再有引用的欲望。于是，他的诗，被人竞相传诵的不多，我们所熟悉的不过几首，读他的诗，一种朴实无华、与世无争的感觉迎面而来。

故人具鸡黍，邀我至田家。
绿树村边合，青山郭外斜。
开轩面场圃，把酒话桑麻。
待到重阳日，还来就菊花。

孟浩然一生大多数时间都在家乡襄阳居住，平时他在鹿门山自己的家中读书练剑，修身养性；有时候他也出门访友，把酒言欢，过着不亦乐乎的生活。有一天，孟浩然去看一位老朋友，这个人是谁我们已不得而知，从诗中我们可以确定，他的职业是农民，但既然他能与孟浩然有着共同话语，因此我们可以想到，他应该是一位隐士，一位真正的隐士，他在当世隐藏形迹，在后世隐匿姓名，故意不让我们知道他的存在。

这一天，隐士先生邀请孟浩然来家里喝酒，准备了黄米饭和烧鸡待客，孟浩然很高兴，两人打开了窗户对着田园共饮，席上他们相谈农桑之事、田园之乐，没有圣人之言，也没有国家大事，宾主言欢，轻松自在，好不惬意。

畅饮之后，孟浩然起身告辞，走在绿树环抱、青山相伴的路上，他转过身，对相送的隐士说道："今年重阳，菊花开放的时候，我会再来。"

这就是《过故人庄》的故事。故事还有下文，那就是重阳节到了，孟浩然并没有如约来到这位隐士的家里，这一年的秋天，他去了京城，参加当年秋闱的进士科考试，这一年他四十岁，在闭门读书三十年后，他终于决定放弃隐匿山水的生活而入世，实现"儒者兼济天下"的理想与使命。

孟浩然的心里感到矛盾，四十年来，他一直生活在自己的家乡，习惯了山水田园之乐，独处时晴耕雨读，每天往来与田园与书屋之间，无拘无束。天气好时，邀上二三好友作逍遥游，初春踏青，盛夏垂钓，秋日登高，寒冬赏雪，多么自由自在的日子。功名利禄，他未曾沾染，也并不向往，读书、种地、郊游、宴饮，他满足于这样的生活。

可是，他又觉得作为一名儒者，不能只顾着独善其身，“邦有道，则现；无道，则隐”，在这大唐盛世，他认为自己有责任为天下百姓做些事情，“修身、齐家、治国、平天下，”这是每一名读书人不断升华的使命，这种儒者的使命感是孟浩然挥之不去的，最终，他决定放弃自己快活的生活，听从使命的召唤。

在长安的日子里，现实无情地击碎了他的梦想，唐朝时科举考试的制度并不完备，录取并不依靠成绩，如果要想取中，必须有当朝权贵的保荐，每一位参加科举的考生都要到处拜访达官贵人，献上自己的作品，表达对他们的敬仰之情，希望能够得到权贵的赏识，这在当时叫作“求知己”。孟浩然不得不每天出入公卿之门，很快，他就对这种卑躬屈膝的生活感到厌倦，权贵们的轻浮与愚蠢让他不堪忍受，更别说去对他们阿谀奉承了，在长安，他饱尝了人情的冷暖与官场的黑暗。

他感到失望，这不是他想要的生活。

有一次，他在好友王维家做客时，偶遇了唐明皇，皇帝命他献诗，此时的孟浩然，还是不改他那自由随意的村夫子气，吟出了“不才明主弃，多病故人疏”之句，当下便惹恼了皇帝，责怪他诬陷自己，差点给他安上了欺君之罪。孟浩然很吃惊，不过是写诗，皇上何必对号入座呢？

终于，孟浩然知道，这种凡事小心翼翼、察言观色的生活，他这样随性随意的人，真的不适合。他倦了，想念自己的家，在那青山绿水的鹿门山，有悠闲的老者，有快乐的儿童，有忠诚的朋友，而那里，他才是自己的主人。长安，这里的每一个人，活得都太累了。

孟浩然终于回到了家中，他关上房门，沉沉睡去。

一个早上，他从梦中醒来，阳光温柔地洒在身上，他揉了揉眼睛，天是什么时候亮的呢？推开房门，他走入院中，听到了啼鸟啾啾的鸣声，昨夜的春雨将庭院洒扫得分外明净，他走到花坛旁，弯下腰，轻轻地将飘落的花瓣拈在手中，久久地凝望着……终于，他笑了。

春眠不觉晓，处处闻啼鸟。
夜来风雨声，花落知多少。

他昨夜的梦醒了，他人生的梦也醒了。

为家国进取，为田园隐退，这是儒学赋予读书人的两种最为理想的人生，孟浩然曾为前者努力过，可是性格决定命运，他在田园中待得太久，已经不习惯拘束的生活。但这也许正是他的幸运，才不会像他的那位先行者陶渊明一样后悔“误落尘网中”。归隐田园，这是他的宿命。孟浩然终其一生，未曾出仕，在我们所知道的中国文人中，他几乎是唯一的一位。

花开花落总无穷，来去都是那样的无声，人生如梦，在这个世上，我们无法改变什么，不如投奔生活吧！至少，不会被这个世界改变。

归隐，也是皈依。孟浩然最终成了一名隐士，于山水田园之间与白云清风为伴，他吟唱着山歌，在自然之中终老。

2017.9.3.

唐玄宗，引领文化先锋

宝髻偏宜宫样，莲脸嫩，体红香。眉黛不须张敞画，天教入鬓长。莫倚倾国貌，嫁取个，有情郎。彼此当年少，莫负好时光。

一阕《好时光》，一位倾国丽人，莲脸修眉，年轻貌美。多情郎君在哪里？我们都莫辜负这大好时光。抒情委婉，描写细腻，你会想到它出自唐玄宗李隆基之手吗？

有人说，每个人的才干都是一个圆，人与人的才干之比较，便是圆的比较。若把某一个才干作为半径，当他所有的半径都比别人长时，他便是一个全才了。唐玄宗就是这样一个近乎完美的全才。在他的身上，除了有政治家的果断、军事家的英武之外，还有艺术家的气质，也许是他卓越的政治业绩将他才学上的成就掩盖了。倘若他不是一国之君，那么，也一定是一个才子，他随潮流而动，始终站在时尚的浪尖，成为引领盛唐文化的时尚先锋。

唐玄宗擅长诗文，他的五律风格雄健，骨气峥嵘，妙句连篇；他的乐府诗做得空灵飘逸，生动自然；他的散文情理并茂，意境交融，他的文学造诣远远胜过后世的唐后主李煜与宋徽宗。

“诗仙”李白，“诗圣”杜甫以及孟浩然、王维、储光羲、高适、岑参等竞相辈出，正是得益于玄宗身体力行的倡导。

唐玄宗在音乐上的才华丝毫不逊于其政治才干。6 岁能歌舞，少年时在府中自蓄散乐一部以自娱。他也擅舞，16 岁时曾为祖母武则天表演唐代著名歌舞大曲《长命女》。他还会演奏多种乐器，如琵琶、横笛等，其中羯鼓的演奏技艺尤为高超。他练习时敲坏的羯鼓就有四大柜，他称羯鼓是“八音之领袖”，认为各种乐器都不能与它相比，其演奏技巧之高超被宰相宋璟形容为“头如青山峰，手如白雨点”。唐南卓《羯鼓录》曾夸他“若制作曲词，随音即成，不立章度，取适短长，皆应散声，皆中点拍”。

唐玄宗对唐代的音乐制度做了多次重大改革，调整了原九部乐、十部乐为坐、立部伎，促进了音乐艺术的发展与提高。唐玄宗一生作有无数曲子，闻名于世的有《紫云回》《龙池乐》《凌波仙》及 56 岁时遇上杨贵妃后作的《得宝子》等，最著名的就是歌舞大曲《霓裳羽衣曲》。《霓裳羽衣曲》是根据印度婆罗门曲改编，为音乐舞蹈史上一颗光彩夺目的明珠，代表了唐代音乐舞蹈的最高成就。正是由于这位皇帝音乐家的喜爱和重视，加上它与各民族音乐文化的融合，盛唐音乐达到历史的顶峰。

唐玄宗还被尊为“梨园神”。这里面还有一个有趣的故事，一次梨园排戏，玄宗看得兴起，也换上戏衣，参加表演，他演的丑角三花脸惟妙惟肖，演员在演出时将他打了一下，吓得跪下饶命，他一笑了之，说这是演戏，不必当真，看来唐玄宗还是颇具艺德的，因此就理所当然地被尊为戏神——梨园神了。后来，旧时戏班奉他为祖师爷，每逢演出，要在后台他的牌位前供香点烛。在旧戏班里，丑角在诸行当中雄踞首位。在当时，有许多名演员有不少出身于梨园，梨园也聚集了全国最著名的音乐家，如李龟年、雷海青、张野狐等。梨园的设置，对唐代歌舞的发展起了很大的促进作用。

开元应乾，神武聪明，风骨巨丽，碑版峥嵘。思如泉而吐风，笔为海内吞鲸。

唐窦臮《述书赋》就是说唐玄宗的书法堪称一绝，各体皆备，且各立门户开宗创派，盛况空前。这个时代是书法艺术的高峰，硕果累累，张旭、怀素的狂草，李阳冰的小篆，颜真卿的“颜体”，李邕的行、楷，郑迁、郑逾、郑遇三兄弟的八分体，各显神采，争奇斗艳。

玄宗的才气冲天、才华横溢，让当时的许多文人都自叹不如。皇帝贵为一国之君，他们的爱好不像平民老百姓那样仅为自娱。他们的爱好往往隐藏着国家的兴旺，成为时代潮流最好的注脚。

为爱痴狂鱼玄机

世间有很多美丽的女子，她算其中的一个，但绝不是倾国倾城；世间也有许多聪慧的女子，她是其中的一个，但并不是出类拔萃；世间更有众多悲情的女子，她算其中的一个，但却并非苦不堪言。然而，她偏偏是一个集美貌、才情、智慧、悲苦于一身的女子，于是，所有的形容词都显得微不足道，风流便能成为她的注脚。

她叫鱼幼薇，不过她被我们大家所熟知的名字是鱼玄机，字蕙兰，她不是官宦人家的小姐。父亲饱读诗书，却一生功名未成，只好把满腔的心血都倾注到她这个独生女身上。在父亲的栽培下，她渐渐成为人人称道的诗童——五岁便能背诵数百首著名诗章，七岁学习作诗，十一二岁闻名长安城。

她的才华引起当时名满京华的大诗人温庭筠的关注。他于暮春的一个午后专程寻访她，终于在一所破旧的庭园中找到了她。当时的她虽然还不满十三岁，但生得活泼灵秀，纤眉大眼，肌肤白嫩，就连破旧的院子都遮不住她小美人的风韵。他以“江边柳”为题试探她。她以手托腮，略作沉思，便在一张花笺上写下：

翠色连荒岸，烟姿入远楼。
影铺秋水面，花落钓人头。
根老藏鱼窟，枝底系客舟。
萧萧风雨夜，惊梦复添愁。

她的才情彻底使温庭筠折服，自此他常出入鱼家，俨然成了她的老师。温庭筠自知他们之间年龄相差甚远，一直将对她的爱埋在心底，绝不越雷池一步。她却情窦初开，将其对他的思念化成一个个字，写成一首首诗。比如《冬夜寄温飞卿》：

苦思搜诗灯下吟，不眠长夜怕寒衾。
满庭木叶愁风起，透幌纱窗惜月沈。
疏散未闻终遂愿，盛衰空见本来心。
幽栖莫定梧桐树，暮雀啾啾空绕林。

夜晚无眠而无人可依，唯求月相伴。枝头的鸟雀同样没有栖宿之处。“幽栖莫定梧桐处”，凤栖梧桐，但她偏不落在梧桐上，写出了无处托身之苦。“暮雀啾啾空绕林”，“空”字道尽凄凉之境。但如泣如诉的少女幽怨没能摧毁温庭筠的理智，他们依旧以师生关系来往。

她太过直率，在崇贞观留下诗文，被初来此游玩的贵公子李亿看到，他仰慕她的才情。几经周折，终于在温庭筠的撮合下见到了她，一见钟情在彼此身上发生作用。很快，他便用一顶花轿接她离开破旧的小院。那一天，繁花似锦的长安城也抵不过她的微笑。依山傍水的别院里处处留下他们的欢声笑语。

只可惜李亿的妻子裴氏是个十足的醋坛子，不准许自己的丈夫纳妾。初次见面就喝令随身侍女用藤条毒打她，她想如果这样能够换来一家人的和睦相处，那也值了，单纯的她忍了，不发怒，不反抗。李亿未能熬过裴氏的相逼，用一纸休书结束了他们之间的关系，“以君心似西江水，日夜东流无歇时”的思念终于成为空文。

李亿将她安置在咸宜观。她并不恨他，只希望能有重逢之日，因为他说过：“等我”。湖面上飘满她满纸的思念。她信他，因为他是她挚爱的情郎。从清晨的太阳初升到傍晚的夕阳落幕，一等就是三年，三年里，她不知道写了多少诗，燃了多少盏孤灯，若不是李亿负了她，她会一直等下去。

有一天，当一位香客告知她，那位名为李亿的男子早已携家眷远赴扬州上任去了时，她顿觉天昏地暗。心中的希望破灭了，这次她却没有一滴眼泪，她不禁仰天大笑起来，她笑自己的痴情，也笑这世间男子的薄情寡义，在无尽的绝望与不甘之中，她执笔写下了《劝邻女》：

羞日遮罗袖，愁春懒起妆。
易求无价宝，难得有情郎。
枕上潜垂泪，花间暗断肠。
自能窥宋玉，何必恨王昌。

“易求无价宝，难得有情郎”，是啊，这世间真的会有“有情郎”吗？她不再期待，不再相信，无穷无尽的等待与失望让她失去了希望，失去了生活的热情，她不知道自己的生命中还有什么是值得坚持的。

曾有着那么纯洁的灵魂，她是怎么一步步地沦入风尘，最后身陷囹圄？作为看书人，也许我们能做的，只有同情，同情她的为爱痴狂，同情她的绝世才情，同情她生命的痕迹不过二十六载就离去了。

她轻轻碾过尘世，却几番辗转，命有玄机，作为瞬间，她永恒着进入历史；作为历史，她从浩如烟海的人和时间中脱颖而出，赢得世人对她的回眸一瞥。

酒桌遇诗仙，金龟也换酒

唐朝长安人才多。人们说在长安街上随便抓一下，就能抓出一把诗人来，有好几个还是比较有名气的。所以当李白奉诏来到长安，皇帝也忘记了召见他，李白也只能郁郁寡欢，饮酒作诗：

……烹羊宰牛且为乐，会须一饮三百杯。岑夫子，丹丘生，将进酒，杯莫停。与君歌一曲，请君为我倾耳听……

名重京都的贺知章以前就耳闻李白少年任侠、风流倜傥，写诗很有才，如今听到他的这首《将进酒》，便决定去访查一番。

这天早早罢朝，贺知章手执金龟，朝李白下榻的客舍走去。路遇熟人，人问："侍郎何往？"

"近闻才子李白进京，欲往一见。"贺知章手指前方，意气风发，跃然脸上。

二人相见，拱手问好，李白更是喜悦万分，贺知章带他来到长安街上一处豪华的酒楼，饮酒论诗。二人径上酒楼，分宾主落座，呼唤酒保到了跟前。这期间，贺知章一直默默观察李白，李白的卓然不群、丰神飘逸，已让自己心中先有三分赏识。

酒菜摆上之后，李白手执大觥，先敬了贺知章三大杯。

贺知章素来善饮，但如今一口气喝下这三大杯，竟觉有点禁受不住，但观李白连饮三大杯，却似没事一般，只是连声高呼："好酒！好酒！"贺知章见李白如此豪饮、如此奔放，心想此人以后即使做不成同僚、诗友，做个酒友也是不错，心下便有了五分喜欢。再加上眼前李白的性情潇洒、无拘无束，似老朋友一般。贺知章的名声辈分在京师冠以华夏，一般来拜谒求荐的无名小辈，见了他都恭恭敬敬、唯唯诺诺，而李白此次却似与他老朋友聚会，神情自若，贺知章心下喜欢，更增二分。

于是他心中就琢磨，这李白形神脾性，倒都不俗，只是未知他诗究竟写得怎么样。听说诗写得不错，只是自己还未亲见。唐朝是我国诗史上最为黄金的时期，取士即以诗论，诗写得好，那是朝野都敬重的，要得个一官半职，也就易如反掌。考考他吧。

又几杯酒下肚，贺知章开言相询："老朽听说居士之诗，极有才华，不知可否展示一二？"

"哪里哪里！贺大人过奖了。李白写诗，只是率性而道，全无章法，难入大人法眼。诗没带在身边，不过我可以写出几首，请大人指教。"

李白唤店小哥取来文房四宝，然后自己下笔如飞，只一会儿就将前次出川远游时所写的《蜀道难》一诗书毕，恭敬呈于贺知章。

"噫吁戏，危乎高哉，蜀道之难难于上青天！"看了这第一句，贺知章就不禁拍案叫绝，叹赏间，端起杯中酒一饮而尽。之后，诗中妙语连出，贺知章看一句"句句都想落天外，匪夷所思，凡人不能道也！竟令我难以置评！”贺知章十分兴奋，一边称赞一边喝酒，不知不觉自己竟又饮两杯，李白此诗，对大唐壮美山川交口赞美的背后，更是对当时藩镇势力日强割据称雄和与朝廷分庭抗礼的深切忧虑，不惟文才出众，更兼忧时儆世，识见过人，此时已十分佩服，边看边赞。

“大人，酒要醉了！”李白担心地劝道。

“不会醉，不会醉！居士此诗，状蜀道之险出神入化，句句都能把人惊出一身冷汗来，句句可作下酒之菜，句句可作醒酒之汤，哪里会喝醉呢?”说着，贺知章见桌上之酒已尽，高声叫道：“小二，取酒来！”

店小二闻声跑来，小心翼翼地回道：“大人，酒资已尽了。”

“哈哈！我在这诗中沉醉竟真的忘了酒资了！”说着，贺知章去摸身上，却发觉已经没有了银两，“酒兴正浓，怎可无酒?”他一眼看到身上所佩金龟，连忙解下来，“小二，且拿这个换酒来！”

“大人，不可！这可是你上朝必佩之物，不能够换成了酒?”李白连忙劝阻。

“酒逢开心千杯少。别管金龟，来，你我且开怀畅饮。居士此诗，怎亏你想得出来，非凡人所能道，直教人疑是谪下凡间之仙人也！”贺知章又高高地举起酒觥，“来！来！你我一醉方休，莫负今日之会。”

正说间，忽然，楼梯口出现一个人，“贺大人，酒友们到处找你不着，原来躲到这里快活来了。”说话者正是草圣张旭，贺知章把李白介绍给张旭，又递过《蜀道难》一诗。张旭读了，也不住地击节叹赏，对李白顿时刮目相看。这以后，李白李谪仙之名就在京城叫响了，贺知章金龟换酒、识拔才俊的佳话，也越传越广了。

后来杜甫的《饮中八仙歌》中描写当时京城长安著名的八位诗人的嗜

酒狂态，开首写的第一人就是金龟换酒识李白的贺知章。诗只两句：知章骑马似乘船，眼花落井水底眠。

八仙之中，除了贺知章、李白、张旭之外，还有皇子李琎、左相李适之、侍御史崔宗之、侍郎苏晋。说的是有一天，这八人朝后无事，便一起去喝酒。贺知章这次心情很好，酒量也大增，一碗接一碗喝个不停；其他七人还要轮流向他敬酒，这样一来，贺知章喝得更多。回家途中，贺知章骑在马上，摇摇晃晃，连过路的行人都担心他会掉下来。后来，他的马因东西碰着了屁股，开始一溜小跑。突然，一个棉毬从马前滚过，后面一个小孩紧紧追着，从横里冲出来，眼看就要被马踏着。

“啊!”醉意朦胧的贺知章被此一惊，酒也吓醒了一半。他奋力一提马缰，那马就突然直立起来，生生勒住双足，没有踩着小孩却把贺知章掀了下来。旁边正是一口水井，贺知章扑通一声摔入井中。众人大惊，纷纷跑过来，要救贺知章。街坊众人忙拿来长绳、挠钩等打捞工具，伸下井去叫贺知章握住，谁想井下却一时毫无声息。一个小伙子忙系上绳子下井去。

幸好这口井是一口旱井，底下只有浅浅的一汪清水。贺知章已经摔昏过去，躺在井底，如婴儿一般熟睡呢。待人们将他救醒，得知小孩无事，他才放心，这便有了杜甫的饮中八仙歌。同是八仙的李白，是被贺知章金龟换酒提拔出来的。若没有贺知章的慧眼提携，可能诗仙李白也将入大多文人一样，被历史的尘埃掩去光华。

草圣张旭醉酒狂书

有一个人的形象是这样的：

张旭三杯草圣传，脱帽露顶王公前，挥毫落纸如云烟。

杜甫的《饮中八仙歌》一出，洛阳城沸腾了。一夜之间，皇榜也贴遍了洛阳的每个角落。

当今皇帝诏曰：李白的诗歌、张旭的草书、斐旻的剑舞可成为天下的“三绝”。在一个皇权专政的时代，能得到皇帝的亲笔嘉奖，这对于天下的读书人来说是一个莫大的殊荣啊。

此时，张旭的家里已经是门庭若市。本就好热闹的他对于这个封号倒真是没有什么太看重的，但是一下子来了这么多相熟的宾客，确实让他感到兴奋。

管它什么“三绝”不“三绝”，先喝它个痛快再说。

张旭善饮，这在圈内也是出了名的。而且大家知道，张旭每次挥毫之前，必要饮书坛美酒。一直喝到东摇西晃、站立不稳的时候，才是他挥毫书写之时。如果没有了酒，张旭可能就写不出那令人赏心悦目的书法了。

在酒中，张旭才能感到创作的灵感。

张旭第一次悟出来人与字的关系是在街上散步的时候。

那天，他吃完晚饭，正在街上遛弯。突然看到两个人站在街中央吵了起来。原来两个人相向而行，不小心撞了一下，不知道两位都是心情不爽还是怎么地，就吵了起来。街上的行人似乎都很愿意看免费演出，结果里三层外三层地把两个“演员”围了起来。

张旭从来不去凑这个热闹。那时他正为自己的书法技术到了一个瓶颈而苦恼：他好像只能在目前的层次上书写，但他又分明感到眼前雾蒙蒙地看到了什么东西，这个东西对于他的书法技术是至关重要的，但是让他恼火的是他却怎么也看不清那个东西是什么。一层窗户纸而已！张旭为了捅破它，几乎都要发疯了——那时候的张旭还是个非常文静的读书郎呢！

张旭就想回家了。但是看热闹的人实在太多了，把本来就不算宽阔的街道堵了个水泄不通。张旭侧着身子，见缝插针地往前行走。一路上不知到碰到了多少人的肩膀，而且被人家的目光杀死了一遍又一遍。

好不容易挤出来了，张旭颇有成就感地回了一下头，看到的仍是摩肩接踵的景象。

张旭不由得长出了一口气，心想总算挤出来了。

挤？对啊！刚才自己一路挤来，不就是一幅好字吗？人们相撞之后身体的形态，拥挤时候身体的变形，甚至还有人的表情……

哈哈哈！天助我也！那层雾气终于消散。

是夜，以前很少喝酒的张旭豪饮三坛陈年女儿红！

当然，变化的不只是酒量，还有书法。朋友们再来切磋书法技艺的时候，几乎都对张旭的新作大吃一惊：这家伙怎么一夜之间提高了这么多！而且他们分明已经感觉到这已经不是寻常的写字，而是已经成为艺术。

哦，对了，这是自己第一次突破瓶颈，而第二次突破来得可能更为容易一些——那是在娱乐中的偶得。

还记得那是在郧县吧，本来是去看望一个很久没有相见的老朋友。在那里逗留了半个月，本来已经该回去了。但是正好听说剑舞的创始人公孙大娘要来郧县演出。老友便极力怂恿他前去看一看，于是他便有幸见过公孙大娘优美绝妙的舞姿。刚烈的时候，就像后羿射日那样地壮阔；娇媚的时候，就像游鱼在水中那般自由；起始的时候，就像万钧雷霆刚刚收回它的震怒；结束的时候，就像江海凝滞时反射的清光。

就在观看舞蹈的时候，他不由地为之动容且浮想联翩：她将左手挥舞过去，他立即触到了这个姿势像什么字；她间或地跳跃旋转，他觉得像草书中笔锋的“使转”；而整个的姿态音容，又给了他草书结构的启发。但好像只能意会，却没有办法写出来。

观舞回去之后，他的书法好像又到了一个新的瓶颈。他以为自己这次再也无法突破，结果贵人还是出现了。

那应该是张旭在常熟做县尉的时候吧。十多天，有一个老翁声称，他的鸡被隔壁王二家的狗给咬死了，三番五次地来县衙讨说法。张旭就很气恼地对他讲：“为了一件细小闲事屡次来吵扰衙门，你不知道这会被处罚吗！”没想到老翁却回答说：“我实在不是为了再来求判，而是因为看到你上次判决书上的书法笔迹奇妙，想多得一些作为墨宝珍藏起来。”仔细攀谈后，张旭得知这老翁家藏有其先父的遗墨精品时，就要他拿来观览。没想到看到老翁先父的墨迹时，张旭一下子就联想到公孙大娘的舞蹈了，从此，张旭尽得运用笔法的妙旨，书艺大进，得了一个“草圣”的虚名。

生活，也许生活真的是艺术的源泉吧。

要书写时，张旭随手就操起了桌子上摆好的那支饱蘸水墨的狼豪，似醒似醉，摇摇晃晃地在走到桌旁摊开底宣纸旁，笔端一泻千里。

刹那间，笔墨淋漓。是气吗？你看那满纸氤氲，变幻多端，好像草原上野马奔驰，飘忽不定。是形吗？那些方块字如蛟龙戏水，动感遍布纸上。

再看张旭，亦动亦静，动静交错。脸上一会儿是梦幻般的彩色，一会儿是山岳般地凝重，神色波澜起伏而又变化分明。

哦，写到最精彩之处了吧。你看，那字分明是潜在海底的青龙已然破海而出，直飞云霄。天地为之变色，万马为之齐暗。呵，张旭果然写到最高兴之处了。他把自己的头发泼上了墨汁，开始用头发书写。

此时，张旭已然与酒神同在。

书毕，张旭径直躺了下去。今夜，又将是一场好梦啊！

酒茶佳话，斟就清香

兰陵美酒郁金香，玉碗盛来琥珀光。
但使主人能醉客，不知何处是他乡。

湛蓝的天空下，和风徐徐而来，如此好天气，正好迎接客人的到来。下一个镜头转到室内：厨房炉灶旁，贤良淑德的女子正精心准备着佳肴美食；庭院角落中，三五成群的幼童在越荡越高的秋千上发出稚嫩的笑声；屋内正厅中，三五好友碰杯间畅谈诗篇……酒杯碰撞的音符与不时的欢声笑语充斥其间，何处是故乡，何处是他乡呢？李白在这首《客中行》里没有说，他已经醉了。

有客喝酒，喝酒贵在节日，而唐朝的节日又那么多，喝酒的机会也那么多，酒都还没醒，新的节日已经到了，怎么办？继续喝！《和张燕公耗磨日饮》中诗人赵冬曦醉醺醺地吆喝着：没醉的赶紧醉了，醉过的也拿喝酒当作消耗时间的乐事吧。

上月今朝减，流传耗磨辰。

天舒
017. 8. 29

还将不事事，同醉俗中人。

春来半月度，俗忌一朝闲。

不酌他乡酒，无堪对楚山。

唐代是个饮酒成风的社会，没事也喝酒，张说一口气做了五首诗《九日进茱萸山诗五首》来描述喝酒的事，没事喝醉了还可以幻游仙境，遇圣拜仙。“晚节欢重九，高山上五千。醉中知遇圣，梦里见寻仙。”唐朝的酒星更是千万，人们对它是相当的热情与崇拜。唐初的王绩就是其中杰出的代表——为了酒，他不爱官职，不要妻子，著述也只写和酒有关的作品，其他一概不写。

最初唐朝建立之后，唐高祖李渊征他入朝，在门下省任待诏，他的弟弟王静问他：“待诏这工作干得还愉快吗？”王绩回答：“待诏这官俸禄太少，又没有升迁的机会，没什么值得高兴的，只是每天官府供应三升酒，还算不错。”门下省的最高长官江国公陈叔达听说之后，说：“三升酒怎么够王先生喝的呢？从今天起，每天供应他一斗！”

从此，王绩就得了一个雅号，叫“斗酒学士”。后来他听说主管音乐的太乐署史焦革善于酿酒，于是主动请求当太乐丞，目的就是为了能经常从焦革和他妻子那里要酒喝。这让人想起晋朝的阮籍，当他听说步兵校尉府厨房里有数百坛美酒的时候，主动请求降职担任步兵校尉，目的就是为了弄酒喝，当校尉府里面的酒都被他喝光之后，阮籍就主动辞职了。而王绩离开太乐署，则是因为焦革和妻子相继去世，他长叹：“这是老天存心不让我喝足美酒啊！”于是弃官还乡。

王绩不仅在行动上履行作为一个酒徒的义务，在理论上也为酒文化增光添彩，他著《酒经》《酒谱》二书，总结了前人酿酒的经验，李淳风看了之后对他说："你简直就是为酒作传的太史啊！"辞官回乡之后，他在自己的家乡东皋为酒圣杜康建造祠堂，把曾经供应他好酒的焦革的牌位也顺便摆在祠堂里供奉。

在唐代，酒自然也与诗有关、诗与酒可谓浑然天成，诗中有酒，酒中诗成。而将二者结合得天衣无缝者，当属唐代。在大唐，酒已经不是什么奢侈品。诗人把饮酒聚会、吟诗作赋两项活动融为一体。诗酒唐朝的诗中有诗仙、诗圣、诗丐、诗魔，诗中皆有酒；酒中有酒圣、酒痴，更有酒中八仙，酒中蕴着诗。

唐代无酒不成诗。酒之千秋功过，对文人来说，大都充当了消遣情感、排解心中郁积之气的工具，正所谓"浇胸中之块垒"是也。送别诗有酒，"劝君更尽一杯酒，西出阳关无故人。"唐之忧愁诗也有酒，"五花马，千金裘，呼儿将出换美酒，与尔同销万古愁。"即使是身在战场，也不能缺了酒，"葡萄美酒夜光杯，欲饮琵琶马上催。醉卧沙场君莫笑，古来征战几人回。"唐朝浓郁的酒香被诗人的一支生花妙笔发挥得淋漓尽致。唐朝的诗人，几乎都是诗酒狂客，这个精英荟萃的创作群体，用诗和酒把盛世时代高扬的精神和自信的民族心态表现得愈发潇洒狂放，树立了中国诗与酒的高峰。

唐中后期值得一提三位顶尖的人物，一位是李白，一位是杜甫，一位是白居易。

李白斗酒诗百篇，长安市上酒家眠。

天子呼来不上船，自称臣是酒中仙。

好一位酒中狂客！杜甫的《饮中八仙歌》对他是满满的称赞，他可以“兴酣笔落摇五岳，诗成笑傲凌沧州”，是因为他有着“黄金白璧买歌笑，一醉累月轻王侯”的高傲，“我本楚狂人，风歌笑孔丘”，李白因酒而狂，酒也为李白的诗而陶醉。

杜甫少年即豪饮，世称“少年酒豪”，他嗜酒如命，他曾在《乐游园歌》中回忆自己的醉酒岁月，“却忆年年人醉时，只今未醉已先悲。数茎白发那抛得？百罚深杯亦不辞”，只可惜他一生穷困潦倒，“街头酒价常苦贵”，最终没能畅饮如李白，而在生命的尽头，竟然在饥肠辘辘中一醉而眠，竟成千古不醒。

白居易晚年自号“醉吟先生”，可见他十分爱酒，没事了自己和自己喝酒，你看他的《花下自劝酒》：

> 酒盏酌来须满满，花枝看即落纷纷。
> 莫言三十是年少，百岁三分已一分。

喝酒必须满杯，终日陶陶醉。据说他死前要求简葬，只待一坛美酒入墓。后来传说有盗墓者挖其坟墓，先见一个坛子，打开后酒香四溢，不禁喝得酩酊大醉，这位香山居士的遗骨才得以保存。

这就是唐代的酒，承载着诗人的喜怒哀乐，点燃了一个盛世的激情，让盛世如美酒般肆意绽放。

喝酒多了，要是来一杯茶，那该多美妙啊。“杯里紫茶香代酒，琴中绿水静留宾”，诗人钱起在《过张成侍御宅》中吟诵着，所以一下子静下来，酒渴更知春味长，于是唐朝的茶来了。

笙歌登画船，十日清明前。
山秀白云腻，溪光红粉鲜。
欲开未开花，半阴半晴天。
谁知病太守，犹得作茶仙。

杜牧嗜酒如命，常常一边写诗一边喝酒，后来不行了，《春日茶山病不饮酒因呈宾客》中对宾客说道，我们都换换口味吧，来杯清茶。

品唐朝的茶文化就是品一个盛世。在唐朝，茶文化的发展促进了文化的发展。当时的文人、士大夫们将饮茶作为一种愉悦精神、修身养性的手段，将茶文化看作一种高雅文化。因而，从唐代流传下来了大量的茶文、茶诗、茶画、茶歌。比如：杜甫《寄赞上人》记："柴荆具茶茗，径路通林丘"，茶具茶叶已经都备好了，山林如画，一起去看望老朋友，喝喝茶聊聊天，岂不是人生一大乐事？比如李中《赠上都先业大师》里说："有时乘兴寻师去，煮茗同吟到日西"，乘兴去拜高僧师傅，烹茶招待好友，喝茶吟诗，日落不归乃至于通宵达旦，文人的佳话传颂。

诗人钱起的《与赵莒茶宴》写的是茶的宴会：

竹下忘言对紫茶，全胜羽客醉流霞。
尘心洗尽兴难尽，一树蝉声片影斜。

茶宴之上，一道饮紫笋茶，并一致认为茶的味道比流霞仙酒还好。饮过之后，已浑然忘我，自我感觉脱离尘世，红尘杂念全无，一心清静了无痕。俗念虽全消，茶兴却更浓。中唐以后，尚茶的风俗更加普及，从朱门到柴屋皆嗜茶，啜之不已。其实，茶文化的风靡是与整个社会经济和文化发展分不开的。自唐贞观以来，社会安定、经济繁荣、文化昌盛，充盈着生机勃勃的气息。这种背景也为茶业提供了充分的发展空间。发达的交通和开明的经济政策，有力地促进了茶的种植和贩卖。随着茶树的栽培与加工技术的成熟，各种高品质的茶叶应运而生，从而使得饮茶之风日盛。

盛唐还为后世人贡献出了一位不可不提的人物，他就是陆羽，被后人誉为“茶圣”。陆羽从小就是个孤儿，被竟陵龙盖寺住持智积禅师收养，他的少年时代是在寺院度过的。在唐德宗建中元年（780 年），陆羽在考察了各地饮茶风俗并总结了历代的制茶方法之后，写出了中国乃至世界上第一部茶书——《茶经》，为中国茶道奠定了基础。

确实，茶性宁静清雅、质朴致和、淡泊去欲，并且能够提神醒脑，缓解疲劳，且能修身养性，于丝丝茶香中，品味唐朝，盛世如茶，在生命中流转不息，久久不能散去……

茶使盛唐宁静得如同处子，而酒则让一个泱泱大唐活跃起来，盛气袭人，直逼人的心脏，让人无法呼吸。茶与酒，动静之间，斟就了一个清香四溢的王朝，留给后人无限的怀想与向往。

秋之章

秋日私语

叶落知秋百草衰，一首首秋日的唐诗好似一坛坛历久弥香的女儿红，我们明知道会醉，可还是去闻满襟芳菲；我们明知道有毒，可还是一饮而尽，如此，才不辜负岁月的醇香，才不辜负诗人们用才华挣来的不朽。

悠游山水，抚摸生命乐事

我们在唐诗中穿梭，会发现诗句都是诗人意识的呈现，比如陈子昂的“前不见古人，后不见来者，念天地之悠悠，独怆然而涕下”，一种穿越时空的沧桑感扑面而至，空前绝后，抒发了怀才不遇的苦闷心情；比如王昌龄的“但使龙城飞将在，不叫胡马渡阴山”，唱出雄浑豁达的主旨，气势流畅，一气呵成，诗人要建功立业的雄心壮志跃然纸上。

诗人们在写诗的同时，更在体味生命。人的生命意识中承担了太多东西，国家意识、民族意识、思想意识、文化意识……这许许多多都穿插在生命意识中，最终会形成诗人的思想和信仰。在唐诗中，道教思想和信仰占据着相当大的比例。

道教文化的根深扎在中国的土地上。它不同于佛教和伊斯兰教，它不是由外国传来，而是从中国本土生长出来的。它源于先秦的道家，奉老子为教祖和最高天神，同时承袭了中国古代社会的巫术和求仙方术，是土生土长的本民族宗教。它在东汉晚期逐渐形成，长久作用于民族文化心理和风俗习惯，影响着人们的生活方式。

道教追求在现实世界上建立“人人无贵贱，皆天之所生也”“高者抑之，下者举之”“有余者损之，不足者补之”的平等社会，因此，唐代似乎比别的朝代更好地体现了“平等”这一观念，男女平等、民族平等。自武则天主政以后，唐朝女官开始在政治风云中一展风采；平常百姓中妇女不从夫姓称呼，而是有自己的名字；还有，当时唐朝流行妇女着男装都体现了这一点。

“道法自然”，自然界的美妙山水间存在着三十六洞天、七十二福地，因此，清静无为、与自然和谐相处，就成了人们最高的精神追求。这些思想都对唐朝诗人产生了影响，看看他们的诗歌：“明月松间照，清泉石上流”“大漠孤烟直，长河落日圆”“霜落熊升树，林空鹿饮溪”“春江潮水连海平，海上明月共潮生”，这种赞美、咏叹山水的诗词不断涌现。无论是赞美田园美景，还是歌咏边塞风情，处处都体现了“道法自然”。唐人们希望过自由自在的生活，期望回归日出而作日落而息的田园社会。他们借自然景色来表达生生不息的无穷生命力。像白居易的“野火烧不尽，春风吹又生”，从一岁一枯荣的草原当中，可以感悟到自然的生生不息，歌颂着生命的顽强不屈。韩愈的“天街小雨润如酥，草色遥看近却无”，草色远远地看有一片绿了，但是走近看却又了无踪影，在这么小小的生命当中，蕴藏着一种无穷的生命力，同时也蕴含着一种哲理：有许多新生事物在开始的时候都是悄无声息的，但你千万不要低估它。又如他的“最是一年春好处，绝胜烟柳满皇都”，就是这样的草色，其实是春天里最好的景色，它远远胜过后来杨柳飞絮的时候。他认为不要忽视了生命当中的任何景色，那若有若无的草色，其实是最具有强大生命力的，不要等到桃花都开了、树叶都绿了你才去观赏，其实，美景就在身边的每时每刻呢。

道教认为生活是乐事，活着是好事，死亡最痛苦，乐生、重生、贵术，热衷于“人如何不死”“如何长生”的问题。世界上其他宗教几乎全都关心“人死之后如何”的问题，认为人生充满罪恶与痛苦，把希望寄托在天国，企望死后灵魂得到安宁，只有道教与众不同，讲究养生，希望长生不死。由此，“炼丹服药”便在唐朝兴盛起来，上至皇帝大臣，下至黎民百姓。唐人对生命渴望越是强烈，就越证明唐朝经济的发达与社会的稳定，也正是唐朝富足的生活让唐人更希望享受生活，享受生命。

> 中岁颇好道，晚家南山陲。
> 兴来每独往，胜事空自知。
> 行到水穷处，坐看云起时。
> 偶然值林叟，谈笑无还期。

你看诗人王维在《终南别业》中超然物外、心与云闲，表现出一种随遇而安的恬淡情趣。在他的诗中，禅心与道意浑然一体，很难截然分出哪是禅哪是道了。

田园山水诗派的另一位大诗人孟浩然也是如此。他一生多次漫游，到过不少道教的名山胜景，写过不少游览道教名观和与道教徒交往的诗篇，传递着生命的终极意义。

> 挂席东南望，青山水国遥。
> 舳舻争利涉，来往接风潮。
> 问我今何适？天台访石桥。
> 坐看霞色晓，疑是赤城标。

在孟浩然的山水诗《舟中晓望》里，呈现出的是一个道者的与世无争和静穆闲澹的境界，不但山中的隐士是那么无忧无虑，就连渡头的行人也是非常悠闲自得。在旅途中，虽然船来船往很是繁忙，但他的心却超然出尘，不问世事。他一心所想的是到天台石桥去看霞起云飞、悠游山水之间，这岂不是人生最大的美事吗？

三分醉意随月归

那年的李白年事已高，他喝着酒，忽见月亮近在身边，晶莹如雪，不由忘情地跳向月亮。这一跳，虽然为中国诗坛留下了一个美丽的传说，却也令中国诗坛失去了一个伟大的诗人。因为他跳将下去的时候，月亮便变成了一朵好看的水花。水花溅落，他也就沉到了江底，再不能出来……

拥抱月亮，成了他的绝句，千古绝句。

其实，受过中华文化熏染的人有谁不知道关乎月亮的诗句呢？无论是如弓的残月，还是如眉的新月，还是如镜的满月，美丽皎洁的月亮从来都是中国文人感情的寄托。从先秦时期“嫦娥奔月”的神话到“牛郎织女”的故事，从《诗经》中“月出皎兮，佼人僚兮”到苏轼的“但愿人长久，千里共婵娟”，文人们心底全部失意与悲凉，都尽情宣泄给了那一轮明月。他们从那高空寒月里品味出了无穷的人生况味，多少无奈，多少叹息，多少悲愤，都化作字字珠玑的美妙诗篇。

又有谁不知道李白“床前明月光，疑是地上霜”这样的千古名句呢？一代旷世仙才李白，他似乎天生就是为月而生，为诗而生。李白现存的1059篇诗作，其中就有341篇提到月。这些咏月诗，真的如同天上亮星点点，永远闪烁着光芒！

你看他童年就对月产生浓厚的兴趣，“小时不识月，呼作白玉盘。又疑瑶台镜，飞在青云端”；你看他桌前就餐看见“月光明玉盘”；下山途中，邀来“山月随人归”；冥冥梦里，情系“湖月照我影”；送客远行时，恭请明月“与人万里长相随”；蜀道艰难，他叹道“又闻子规啼夜月，愁空山”；劳役惨重，他吟道“吴牛喘月时，拖船一何苦”；他曾“登舟望秋月”，也曾“举杯邀明月”；他曾问“秋山绿萝月，今夕为谁明”，他曾叹“水影弄月色，清光奈何愁”；夜半梦醒，忽见银辉满地，他也难捺激情吟道：“床前明月光，疑是地上霜。举头望明月，低头思故乡。”

这些诗句都无须解释，简单易懂亦颇具诗意。月有李白，真是月之幸运！李白对月的偏爱，使月更增添了无限的情致。月在李白笔下，姿态曼妙，气象万千。没有李白，月在世人眼里，恐怕要苍白朴素得多吧！

李白的月亮很细腻。他的《金陵城西楼月下吟》中吟诵到“白云映水摇空城，白露垂珠滴秋月”，一下就把月亮滴到心上来了。如果想浪漫一下，让自己躺到秋天的原野，听白露嘀嘀嗒嗒地坠落，那就像满原落着一颗颗玲珑剔透的月亮，随便伸出手，月亮都会站在掌心似的。霎时，就可进入他的“举手可近月”的意境。

金陵夜寂凉风发，独上高楼望吴越。
白云映水摇空城，白露垂珠滴秋月。
月下沉吟久不归，古来相接眼中稀。
解道澄江净如练，令人长忆谢玄晖。

月是李白的知己、知音。在《金陵城西楼月下吟》中，李白登高吟咏是在喟叹知音少，当李白沐浴在银白的月光里，独上高楼，月下沉吟，久久不归，月儿似乎与他心意相通，明白他独行的寂寞，驱赶诗人的孤独与寂寞。而当李白惊闻友人王昌龄遭贬，担心不已。但人隔两地，难以问讯，诗人只能“我寄愁心与明月，随风直到夜郎西”，把一片赤诚关切之情托明月送到千里之外，给遭遇不幸的友人些许慰藉。当日本友人晁衡不幸遇海难，诗人情不自禁哭道：“明月不归沉大海，白云愁色满苍梧”——友人也是诗人心中最皎洁的明月。

青天有月来几时？我今停杯一问之。人攀明月不可得，月行却与人相随。

皎如飞镜临丹阙，绿烟灭尽清辉发。但见宵从海上来，宁知晓向云间没。

白兔捣药秋复春，嫦娥孤栖与谁邻？今人不见古时月，今月曾经照古人。

古人今人若流水，共看明月皆如此。唯愿当歌对酒时，月光长照金樽里。

在《把酒问月》中，李白面对心驰神往的月亮，带着三分醉意，只能发出“青天有月来几时，我今停杯一问之”的慨问，抒发寂寥情怀。你看现在的人有谁见过古时的月？但是今天的月亮却照耀过古人。古人和现在的人都像流水一样，一波接一波地逝去，古人看到的月亮和现在我们看到的月亮却是没有改变的。明月万古如一，而人世间则世代更替，今人只能是前不见古人，后不见来者，可贵的生命倏忽即逝，由此，诗人醒悟了：人生苦短，韶华易逝，与其孤独痛苦，不如远离世俗，对酒当歌，邀月赋诗，及时行乐。于是，诗人咏道了千古流传的诗句："人生得意须尽欢，莫使金樽空对月。"

月亮看到了孤独寂寞的李白。豪放洒脱的李白一生在政治上屡遭打击、报国无门。"三杯拂剑舞秋月，忽然高咏涕泗涟"，他在酒后月下拔剑起舞，高歌泪下，何等悲壮，何等痛苦！诗人面对明月，心情无限悲苦，举杯消愁却知己难觅。于是，"举杯邀明月，对影成三人"，亦歌亦舞，忧愁皆忘，何其潇洒，何其自在，好一个"李谪仙"！然而，"月既不解饮，影徒随我身"，歌舞过后，月远在天边，影只会默默跟随，都不能与他有真正的交流。诗人面对的仍是无边无际的孤独寂寞！自得其乐的背后，饱含凄凉，令人唏嘘！

而当李白夜游采石江，醉而捉水中之月跳江。他这一跳，留给世人一个美丽的传说，也留给世人一个无比巨大的遗憾！日往月来，物换星移，千年的时光衔枚疾走，多少事皆如云烟而去，多少雄才已沉睡史海，多少滔滔江水干枯，多少字墨风化成泥。李白，你的诗歌却在奔流不息地传衍，关于月的寂寞诗篇也让世人默默品吟。

2017.9

秋水芙蕖，倚风自笑

说起王维，就会让人想其他十七岁写出的脍炙人口佳句《九月九日忆山东兄弟》：

独在异乡为异客，每逢佳节倍思亲。
遥知兄弟登高处，遍插茱萸少一人。

多么简单的诗句，却才饱含真情。它浑然天成，虽不华丽，但最能打动人心，不知它牵动过多少游子的心。

还有传唱至今的古曲《阳关三叠》，那优美的旋律徘徊于脑海中，不自觉地就唱了出来：劝君更尽一杯酒，西出阳关无故人。唱罢，诗与曲久久萦绕心头，对友人的深情深深感染着我们，直让人羡慕被送别的友人元二，能得到这么纯朴、这样深深的友情，此生何求？

当然，王维最拿手的还是他的老本行——山水田园诗。

人闲桂花落，夜静春山空。

月出惊山鸟，时鸣春涧中。

诗人就像一边在欣赏着山中夜景，却不忘让我们也享受其中之乐，于是，又一遍对我们描述那缓缓道出的句子，仿佛不加思索，却分明是一首优美的诗！景美如画，诗美如画！可为什么说是画呢？因为在我们的脑海中，有这首诗，就有了一幅优美的山水画。这就是苏轼称赞王维“诗中有画、画中有诗”的原因。

“诗中有画”我们看到了，可是“画中有诗”呢？画史上，王维以南宗开创者的身份名垂青史，更以文人画的始祖而备受后世文人称道。米芾向来吝啬赞美，然而，却对王维之画不吝一分歌颂；秦观作为一名大才子，在生病的时候看王维的画几天，竟觉病愈！想来那画应该是奇妙无比的。单以《江山雪霁图》来讲，山、树错落有致；画中积雪千里，果然一片雪白世界。然而，看到这样的雪景，却无落寞萧索之感，有的却是素雅恬淡与一份安宁。

这就是王维诗画的特点。在诗风阜盛、才子辈出的唐朝，王维显得太文静了，在那些风流倜傥、性格张扬的才子当中，实在不像才子。所以，虽然与李白同一时代，却很少见他与李白有交往的记录。而他的诗，也在一种恬淡文静中别有一番滋味。

但年轻时的王维也是有理想、有热情的，他的早期诗歌也体现出豪放、积极的一面。“大漠孤烟直，长河落日圆”便是其中的代表，有了这首诗，我们才知道，原来塞外的景象并不只是单纯的萧索，也不是梨花纷落般的八月大雪，大漠的雄壮之美已经跃然纸上。

天下谁人不识君？王维生于开元盛世，九岁就能赋诗，身负才名；到十九岁参加京试得头名举子，二十一岁就高中状元，这是何等的荣耀之事！那时的他可能真的是“春风得意马蹄疾”吧！更兼皇帝与宰相的赏识，官职一再升迁，然而，在开元二十六年张九龄被贬出朝，奸相李林甫主政，王维就离朝了，他在辋川买了房子，彻底地“独善其身”。于是，后面的日子，他多优哉游哉、赏景赋诗。

辋川真是个好地方。明月竹林，空山青苔，飞鸟夕岚相伴，王维和好友裴迪就像两只迷上花香的蝴蝶，陶醉于此。他不能以一个词臣的身份像魏征那样犯颜强谏，此时的李隆基也没有了当年奋发的心情。他不想与李林甫等人同流合污，不愿跟着他们做坏事，又没办法扭转乾坤，他所采取的处世态度也是无奈之举。

随意，便是一种超脱的心境。

“清川带长薄，车马去闲闲”，他是那么淡定地坐在书窗前，遥望着窗外静静的山川，即使本来喧闹的车马在他眼里也变成了优雅的舞者。其实，这是他与生活的共谋吧。要么是“秋色有佳兴”，要么是“飒飒松上雨”，要么是“独坐幽篁里”，要么是“座客香貂满”，他都是那样静静地看着生活。在他的笔端下，生活永远徜徉着安逸的笑容和节奏，而他却在这种节奏中自由飞翔。

王维精通佛学。别人看不懂的佛理，他却可以融会贯通。他的有些诗中，有时也不自觉地融入了佛家的理念，读完之后甚至会感染到读者也产生那种寂灭无忧的心理。“世事浮云何足问，不如高卧且加餐”，不过总体来讲，他的诗中还是富贵气息更多些，这也就是同为信佛的诗人，他能够超越贾岛而为诗佛的原因，而贾岛的诗中则寒苦的僧气较浓，没有盛唐王维的雍容与高华。

所以，南宋魏庆之的《诗人玉屑》中评王维为：秋水芙蕖，倚风自笑。实在是很好的评价。王维一生清高宁静，正像芙蓉一样出淤泥而不染。他的诗画也是一样，澄清精致，贵在于洁。王维的诗中神往着淳朴，更有着雍容的气度，是他作为士大夫的风雅与自矜。

倚风自笑、处事无忧的王维于公元 761 年，悄悄地离开了人世，然而，他的诗画，却令后人品也品不尽。让我们觉得走近王维，就走近了田园山水，走近了清新自然。走在王维的诗行里，就如走在清清自然里，清爽恬淡。

豪情万丈刘禹锡

在唐诗中散步，喜欢上刘禹锡，因为他在玄都观写的两首看桃花的诗歌，一首是《玄都观桃花》：

紫陌红尘拂面来，无人不道看花回。
玄都观里桃千树，尽是刘郎去后栽。

刘禹锡参与王叔文“永贞革新”失败后，被贬至朗州。十年后，被召回京都长安。那个下午，阳光特别地好，四周的空气中弥漫着冰橙子味的气息，他决定住到附近去。十年的贬官，十年弃置，并没有耽误刘禹锡的诗才，走到玄都观时就写诗，写桃之夭夭的花朵，都是他去后新植的。他并没有指名道姓地骂哪个，但他有足够的才华，让人读了诗就能想见他的动作表情。当时的他在粉墙上写下最后一撇，肯定把笔一抛，眉毛一挑，斜了眼睛把旁边仆从轻瞟了一下，仆从就莫名其妙地附和点头，他却拊掌大笑，惊得观内的道士也出来争看刘郎的新诗。

刘禹锡骂了桃树，也骂了看桃花人，也骂了栽桃树的人。他的第二次被贬也就是顺理成章的了。不知道在草木之中，有哪一种不讨人喜欢，许是因为它长刺，许是因为它的花开得美丽却有毒。于是，它就经常被人拔起来，抛出院墙，抛得远远的，这一次，一去又是十四年。

草木也有本性，十四年再回长安，刺还是照长，有毒的花还是照开。刘禹锡还要去玄都观里，还要写诗——《再游玄都观》：

百亩庭中半是苔，桃花净尽菜花开。
种桃道士归何处？前度刘郎今又来。

如同他之前做过的很多刻骨铭心的事，往往源于内心的决定，决定之后就情不自禁地坚持，然后，以无比的忍耐与热诚去实现它，而结果呢？内心坚强的人，几时顾虑过结果如何？十四年的时间，刘郎应当老了许多。头发白了一些，皱纹也多了一些。但读他的诗，想见他在粉墙上写下最后的一捺，眉毛还在往上一挑，嘴角也还是一撇，眼睛又瞟到了身边的老仆。老仆这次估计是没有附和点头。不过我们的老刘郎，却把笔一抛，不出声地笑了。道士又拥着过来，指点着这新诗，有几个老道士当然还记得：十四年前，也是这个人吧？

我刘禹锡又回来了啊！我依然斗志昂然！不过刘禹锡在外地过得并不舒服，别看他《陋室铭》里边写得挺让人羡慕。刘禹锡被贬，当地小官不知出于什么心思，故意难为他，给他安排的住所极为简陋。半年光景，刘禹锡的“家”被折腾了三次。我们的大诗人当然也毫不在意，作文成诵，怡然自得。小官僚们最终将他撵到城中一间只能放一床一桌一椅的破旧小房中居住。结果，催发了诗人千古流传的《陋室铭》。

山不在高，有仙则名。水不在深，有龙则灵。斯是陋室，唯吾德馨……南阳诸葛庐，西蜀子云亭。孔子云：何陋之有？

读一遍觉得其间闲情雅致，多读几遍，再结合前边两首写桃的诗歌，这分明句句都是骨气豪情！写《陋室铭》后，相信他依然是嘴角带着笑容，眉间飞扬着意气，老仆的表情又是怎样的呢？

唐朝诗人多，能有个诗号的却不在多数，特别是在唐朝中后期，刘禹锡算一个，人称“诗豪”：

古人逢秋悲寂寥，我言秋日胜春朝。
晴空一鹤排云上，便引诗情到碧霄。

这首《秋词》算是他豪情的代表作。秋，在大自然中，扮演的永远是一个悲怀的角色，让一代代的人不停地咀嚼、回味。于是，秋，便在一页页枯色的纸张里，在一个个方正的汉字中低吟，把那缕缕的哀怨、愁绪、思念、牵挂，熏染得迷迷离离。

然而，刘禹锡却另辟蹊径，一反常调，他以其最大的热情讴歌了秋天的美好。更为难能可贵的是，《秋词》还是诗人被贬时的作品。诗中有丈夫气，有英雄气。把秋天写成古往今来不一样的格调，虽不及诗圣之沉郁厚重，比不上诗仙之灵秀飘逸，也不同于鬼气佛性，但他就是一位诗“人”。食人间烟火，有喜怨愁嗔，却能把此种种用诗人笔墨，涂抹得如此淋漓尽致，倾情尽意。让读者要击节飞觞，共此一叹。

诗人刘禹锡也有软弱的时候，只在知己白居易的面前。硬脖颈给狂妄的敌人，软心肠给知心的朋友——《酬乐天扬州初逢席上见赠》：

巴山楚水凄凉地，二十三年弃置身。
怀旧空吟闻笛赋，到乡翻似烂柯人。
沉舟侧畔千帆过，病树前头万木春。
今日听君歌一曲，暂凭杯酒长精神。

我们又怎么能不理解？他会觉得凄凉，会把自己讲做“沉舟”“病树”，但还是一起喝杯酒，就借这杯美酒重新振作起精神吧。

杨柳青青江水平，郎在岸上唱歌声。
东边日出西边雨，道是无情却有情。

这是刘禹锡别开生面的可爱之处了。看人家小儿女甜情蜜意，他旁边肯定也是眉飞色舞、心花怒放了吧？豪气之外，情理之中。读刘禹锡，要用丰富的生活来品读，才能在明媚的下午，听心灵静静地绽放。

那些年，刮过的迷恋风

戏剧从来都是如此，你穿上凤冠霞衣，我将眉目掩去，大红的幔布扯开了，一场关于炼丹的好戏上演，地点是最昌盛的唐代。的确，唐代炼丹之风甚盛，不少人沉湎其中。

倾家事金鼎，年貌可长新。
所愿得此道，终然保清真。

炼丹可以实现自己成仙的愿望，可是，炼丹需要大量金钱，所以会有倾家荡产的危险。不过对于皇族特别是皇帝来说，钱不是问题，但要付出的代价却更大，那就是生命的代价。比如说唐太宗，他是唐朝诸帝中第一位迷恋金丹服饵养生术的皇帝。长期的戎马生涯和紧张激烈的政治、军事斗争，极大地损坏了他的健康，至晚从贞观六年（632 年）开始，太宗的体质就每况愈下。在贞观十年从辽东战役回来时，唐太宗得病，此后一直调养，由此开始服用方士提炼的金石丹药。先前，唐太宗还曾经嘲笑秦皇汉武迷恋方术和寻求丹药，后来，自己也不由自主地陷进去了。到 647 年

（贞观二十一年），唐太宗又与高祖一样得了“风疾”，烦躁怕热，便让人在骊山顶峰修翠微宫，第二年，派人从中天竺求得方士那罗迩娑婆寐，由于长期服食“延年之药”，结果使病情不断恶化，最终不治身亡。看来，太宗服用丹药的动机是治病，反过来却让丹药害了自己。

还有人想炼丹，但是没有钱，比如杜甫，所以，他只有请人帮忙了，你看《送段功曹归广州》里他这样交代说：

交趾丹砂重，韶州白葛轻。
幸君因旅客，时寄锦官城。

炼丹如此吃香，是源自古代神话传说中长生不老的观念。如后羿从西王母处得到不死之药，嫦娥偷吃后便飞奔到月宫，成为月中仙子。典籍中没有确切的纪录记载古代的服药者吃什么丹药以求长生，但若根据晋人编纂的《列仙传》，他们所服食的包括丹砂、云母、玉、代赭石、石、松子、桂等未经制炼的矿物和植物。炼丹术在唐朝时期已经进入黄金时代，许多皇帝因服食丹药中毒身亡，因此，许多专家都提出方术丹药不可尽信的警告，但皇帝们仍坚持炼丹，因为不是所有丹药都是有毒的，有人亦以金丹毒为戒，改用其他方法追求长生。

唐高宗与唐太宗颇为相像。最初他也不信神仙之说：“自古安有神仙！秦始皇、汉武帝求之，疲弊生民，卒无所成，果有不死之人，今皆安有。”无奈高宗的体质一直较弱，显庆五年十月，他刚三十三岁，也得了“风疾”。从这以后，病情就一直没有好转。总章元年（668 年），婆罗门僧卢迦阿逸多，向高宗进献了丹药，从此高宗就离不开它了，后来大臣郝处俊以太宗的教训劝阻了高宗。但高宗并没有停止炼丹合药活动。高宗的病情越来越严重，很快也病逝了。

后来的唐朝皇帝似乎接受了先人的教训，唐穆宗即位后，惩办了为宪宗炼制丹药的方士道徒。有“小太宗”之称的唐宣宗，对神仙之说也有较清醒的认识。他即位以后，立即杖杀和流放了炼丹的道士赵归真、轩辕集等人。可是好景不长，两位皇帝也都不约而同地重蹈覆辙。

宣宗明知丹药之危害而偏要服食，司马光将之归结为“上晚节好神仙”，但这又很难解释此前宣宗所发的一番关于神仙的宏论。宣宗从小体质就很差，患过大病。此后曾多次求访异人、醉心服食仙丹，终于走上了不归路。唐朝的皇帝大都自幼生长在深宫，锦衣玉食，体质本来不很健壮，及至登基以后，更少了约束，内宠成群，加之政事杂务以及恶劣的情绪和不良的生活方式，使之体质更加虚弱，极易产生疾病。高祖、太宗、高宗以及顺宗、穆宗、宣宗都是得风疾，而后服用大量丹药致死。

所以，晚唐诗人李商隐的《瑶池》中说：

瑶池河母绮窗开，黄竹歌声动地哀。
八骏日行三万里，穆王何事不重来？

讲好的、约好的、要来的人怎么没到来呢？

西王母推开雕镂彩饰的窗户，眺望东方，却不见穆王的影子，只听见《黄竹歌》哀恸大地，穆王所骑的八骏马飞驰神速，一天能行三万里，可是，他为什么没有如约而来呢？王母所盼望的周穆王已经因此而死去，就连西王母这位神仙也无法挽救他的性命，那些所谓的长生不老之术，自然是靠不住了。

不管是出于对疾病的治愈，还是单纯地希望长生不老，李唐皇室以及上层社会以服食金丹仙药而求长生的风气在唐朝是刮了又刮。脱下凤冠霞衣，也将油彩擦去，大红的幔布闭上了这出折子戏。那些年，刮过的盛风轰轰烈烈，过往而去。

大漠外，雄浑音

秋风萧瑟天气凉，草木摇落露为霜，群燕辞归鹄南翔。
念君客游多思肠。
慊慊思归恋故乡，君何淹留寄他方？
贱妾茕茕守空房，忧来思君不能忘，不觉泪下沾衣裳。
援琴鸣弦发清商，短歌微吟不能长。
明月皎皎照我床，星汉西流夜未央。
牵牛织女遥相望，尔独何辜限河梁？

闺中少妇独坐床沿，瑟瑟秋风凉透了心，皓月挂在冰冷的夜空里，和她一样的孤独。心中的人远在边塞，何能不牵肠挂肚？思妇的泪随着曹丕的《燕歌行》流淌了四百多年，时时牵动着戍边将士们的心。东汉后，边疆烽烟四起，青壮男人应征入伍，战争之惨烈、刀剑之无情让人看到了生命的脆弱。漫漫征途像一条孱弱的生命线，一端拉着家乡，一端伸向未知的明天。国势不强，军力萎靡，边塞的声音就这样低吟了几个世纪，少有悲壮激昂的吼啸。

胜败是每一个军人最关注的事情，自信靠不断的胜利来撑起。自东汉以来，西北大漠、北面草原在中国军人的精神里种植了畏惧感，直到大唐彻底一扫蔓延四个世纪的边塞颓势，雄浑之音方兴起，何等壮阔！

君不见走马川行雪海边，平沙莽莽黄入天。
轮台九月风夜吼，一川碎石大如斗，随风满地石乱走。
匈奴草黄马正肥，金山西见烟尘飞，汉家大将西出师。
将军金甲夜不脱，半夜军行戈相拨，风头如刀面如割。
马毛带雪汗气蒸，五花连钱旋作冰，幕中草檄砚水凝。
虏骑闻之应胆慑，料知短兵不敢接，军师西门伫献捷。

同样是风沙雪雨、大漠狼烟，在不同时代的军人眼里，却是不一样的景致。可以是恶劣，可以是畏惧，在唐代诗人岑参的《走马川行奉送封大夫出师西征》里，它们是催生愁绪和失望的资本，少有能傲视万物的情怀。雪夜风吼、飞沙走石，这些边疆大漠中令人生畏的恶劣气候环境，在诗人印象中却成了衬托英雄气概的壮观景色，是一种值得欣赏的奇伟美。

只有盛唐诗人，才能有此开朗胸襟和此种艺术感受。除了高适、岑参、王昌龄、王之涣、李颀、崔颢等外，李白、杜甫、王维等也加入了边塞诗的创作团队。

边塞诗早在隋朝已经吹响了号角，到了大唐真正集结兴起。卢思道的《从军行》、何妥的《入塞》、杨广的《饮马长城窟行》《白马篇》《纪辽东》，杨素的《出塞二首》、薛道衡的《出塞二首》、王胄的《白马篇》《纪辽东二首》、虞世基的《出塞二首》都吟咏出铿锵的味道。到了骆宾王、高适、岑参时期，读其作品，可以纵览金戈铁马，在雄浑的吟唱声中笑看沙场风云变幻。一场惨烈的战斗可以在豪放慷慨的格调里擂鼓而起，在最后一个休止符处又戛然而止，在尘埃落定的血色余晖中，冲杀声依旧荡气回肠。

唐代边塞诗的数量和质量是前代所无法比拟的，唐以前，主要由历史散文、地理著作来承担反映边塞生活、边塞风光的任务，多以教科书般的感觉来书写军旅生活。到了盛唐时代，诗歌轻松地挑起了重任，它也不排斥在字里行间畅诉儿女情怀，思妇愁肠和征途苦累反而使满怀豪情更加丰满、真实。

唐朝强大的边防和高度自信的时代风貌吹起了边塞诗的这股新风。唐人好诗，多是征戍、迁谪、行旅、离别之作，往往能感动激发人意。盛唐边塞诗中的豪情并非故作旷达，更不是空洞的豪言壮语，而是在面对艰险甚至死亡的情况下，仍然能一笑置之而无所畏惧，这种真正的洒脱与旷达，只有大唐才有。

葡萄美酒夜光杯，欲饮琵琶马上催。
醉卧沙场君莫笑，古来征战几人回。

唐朝的经济发展为边塞诗的繁荣提供了可能。社会经济的空前发展和社会财富的巨大增长，给世人最强烈的感受，他们认为自己生活在一个值得骄傲、强大无比的时代。虽说宋朝的经济一样发达，但在词作里就缺少了这种气派。大唐的军人们从心底里渴望冲锋陷阵，上前线杀敌。王翰的这首《凉州词》传递的就是这种思想。

在盛唐时代，不只是战争，边塞的生活、风光、民俗也是人们共同关注的主题，边塞诗是唐朝人共同关注的题材。有人是这样来描述这一盛况的："唐代的诗人们无论是著名的作家或未著名的作家，至少作有一首以上的边塞诗。而上至掌握国事的政治家、统率军队的武人，下至贩夫走卒以及不知姓名的鄙人也会做一两首关于民族斗争的诗歌。"欣欣向荣的新气象下，人们对自己的国家和民族充满信心，为自己的国家和民族感到自豪，在这种内在的心理驱动下，人们就会向往着遍览各个地方，无论走到何处，内心深处都是一种自豪感，看到的都是美好的天地。

唐初以后在边境设都护府，增强了边境的军事力量，不少诗人都曾去过边塞，甚至长期居留在边塞。由于边塞是保卫祖国的前哨，边塞生活本身又是如此丰富多样，除了去过边塞的诗人写下他们的生活感受外，还有为诗人普遍歌唱的价值和魅力

当然，军中诗人都不是杀敌狂，他们怀一腔热血，为正义、为保卫家国而驰骋沙场。对于战争的描写，更多的是挥洒时代的豪情和自信。诗人们也对由于征夫长期戍守边疆而造成的夫妇分离，对由于征战频繁而造成的家庭破裂等不幸与痛苦，表现出巨大的关注与深切的同情。尤其太宗晚年的穷兵黩武使得边塞诗中出现了反对征伐的呼声，"万里长征人未还"是历代以来边疆战争的悲剧，唐代也不例外。

唐朝是中国历史上一个最意气风发的时代，边疆战争之频繁和战胜次数之多，在中国古代史上实为罕见。因此，只有唐朝才能诞生专门的边塞诗派，诞生出"年年战骨埋荒外"这样的诗句。

青海长云暗雪山，孤城遥望玉门关。

黄沙百战穿金甲，不破楼兰终不还。

从边塞孤城上远远望去，从青海湖经祁连山到玉门关这一道边境防线。上空密布阴云，烽烟滚滚，银光皑皑的雪山顿显暗淡无光。王昌龄的《从军行》中的这种豪言壮语，则由于后世朝代偃武修文的风气，甚至成了古代史上中国人尚武精神的绝响。人们可以想象得到：一个七尺大汉，手持雪亮的战刀，背后黄沙漫漫，他怒目而视的眼神，吓倒敌军无数。就是这样一幅雄壮与伟岸，将男子汉的铮铮铁骨都展现在人们的面前。身后，黄云卷着白云，在天边翻滚，胸中的激情陡然升起，“未报国恩，未立战功，怎可回还?”

咏鹅咏蝉述风流

一个七岁的孩子，站在池塘边，面对一群戏水的白鹅，被长辈要求即兴吟咏，不假思索，脱口而出，说出“鹅、鹅、鹅，曲项向天歌。白毛浮绿水，红掌拨清波”的句子来。这首临池而作的涂鸦小诗，易懂好记，朗朗爽口，千百年来一直成为儿童启蒙的朗读范例，总体上超过了十亿甚至更多的读者。

这个孩子叫骆宾王。因为一首小诗，被亲戚朋友们众口相传，成为远近闻名的神童。

骆宾王的风物诗歌，除了鹅，还吟过蝉。那是在他成年之后的事情了：

西陆蝉声唱，南冠客思侵。
那堪玄鬓影，来对白头吟。
露重飞难进，风多响易沉。
无人信高洁，谁为表予心。

这首《在狱咏蝉》诗与咏鹅同样著名，只不过没有了当初的孩童天真稚气，也不是在池塘边所作，而是在不见天日的牢狱之中。他在官场混迹十年，位居下僚，官职平平，突然被擢为侍御史，又突然被囚禁，失去自由，生死未卜。在武后临朝的时代，掌握着生杀大权的，有许多是酷吏与阴谋家。骆宾王屡屡上书，一定触动了权贵的敏感神经，于是厄运就不可避免地降临了。“无人信高洁，谁为表予心”，枯坐暗牢之中，一声蝉唱，托物寄兴，含冤负屈，何尝不是他心中一曲悲愤沉痛的哀歌？

从小年神童到阶下囚，这条越走越窄的人生之路，是此前万万没有想到的，也带给了骆宾王无限的苦闷。他在咏蝉诗里关于“露重飞难进，风多响易沉”的浩叹，一半是针对自己的无辜与不幸，一半是针对当时的非常局势。武后临朝，专横跋扈，任用酷吏，在扫除最头疼的障碍、制造最骇人的血案之后，开始实施她蓄谋已久的女皇梦。这是一个惊世骇俗的飞天梦，武则天做皇帝了！整个大唐的人都被这个是梦不是梦的事实唬住了，惊呆了，尽管有许多人心里在咒骂、在呐喊，但在沉寂的大街上，在血腥的罗网中，没有多少人敢吼出声来。少数人开始写赞表，话心得，更多的人在醉酒，在躲避，在装病。

> 那个非法把持朝政的武氏，性非和顺，出身寒微。初为太宗姬妾，曾以更衣之机而奉侍左右。到后来，秽乱后宫。隐瞒先帝曾对她的宠幸，阴图在宫中专宠的地位，狐媚惑主。登上皇后宝座，把君王推到乱伦境地。……

骆宾王的这一篇《代李敬业传檄天下文》一出，天下吃惊！

当时是李敬业在扬州起兵抗议，骆宾王被高薪聘请入李敬业集团，成为负责宣传的职员。写文章是骆宾王的强项，再加上他曾经受辱于武则天，这一次，一雪前耻的机会来了。骆宾王挥手而就的这篇檄文就是在向武则天发难。檄文写得很好，如长虹凌空，迅雷震宇，举兵起事的消息传出，一纸檄文天下动，“旬日间得兵十万”。部队出发了，将士们义无反顾，甚至沿途在吟唱着骆宾王创作的一首《在军登城楼》：

城上风威冷，江中水气寒。
戎衣何日定，歌舞入长安。

骆宾王一生似乎都在行吟高歌，作为一个诗歌号手，化笔成枪，讨伐不义之举。在檄文中，“一抔之土未干，六尺之孤何托”确实给武则天致命的打击，“先帝的坟土尚未干透，我们的幼主却不知被贬到哪里去了?”这样近乎指名道姓的行文，深谙历史典故的武则天不会不明白其中玄机。她在惊愕的同时，也被此文作者的胆识和才情所震撼，读完之后又反复赞叹，说：“骆宾王的文章固然了不起，但徐敬业的武功却未必匹配得上。”武则天对于徐敬业的起兵是不以为然的，小泥鳅能在大海里扬波吗？起义被镇压之后，“诗歌号手”骆宾王也不知去向，不过天山积雪、交河绝塞、戈壁流沙、边庭落日，处处都有他的足迹；戍楼烽火、野气狼烟，处处皆拌着骆宾王浓浓的爱国情思和羁旅的感慨，凝铸成一首首情真意切的军旅诗歌：

二庭归望断，万里客心愁。

山路犹南属，河源自北流。
晚风迷朔气，新瓜照边秋。
灶火通军壁，烽烟上戍楼。
龙庭但苦战，燕颔会封侯。
莫作兰山下，空令汉国羞。

你看，行军的路上，战火连成一片，营垒相接，声势浩大。骆宾王传递出来战火之紧急，离家万里的征人眼望着归路不能归，却还要像北去的流水一样不断向前开拔。也许他就在这人流之中，一代诗坛天骄，挥袖赴远方，当年风流，不胜记述。

王勃挥就《滕王阁序》

从“海内存知己，天涯若比邻”中，读到了他的乐观与旷达；从“长江悲已滞，万里念将归”中，读到了他的缠绵与深情。

秀丽如画的风景，荡气回肠的歌声，怀才不遇的悲凉心境，蓬勃进取的人生态度，震人心弦。生动细腻的山川景、人文景、宴会景与强烈真挚的宾主情、父子情、壮志情融为一体，让人不能不为之动容。

他用近乎唯美的文笔诉说着他的所见所想，诉说着他的欢乐与苦闷、失落与追求。物华天宝、人杰地灵、落霞孤鹜、秋水长天、渔舟唱晚、雁阵惊寒、萍水相逢……呈现在我们面前的是他用精美的语言、飞扬的文采、极具个性的文学才情为我们营造的一片令人心驰神往的文学天空。

滕王阁是幸运的，它碰见了王勃这样的大手笔，普天之下大江南北，壮观华丽堂皇如滕王阁者亦多矣，与之比肩者又有几何？可见，父以子贵，楼以人荣。这个人，不是建造阁子的工匠，也不是居住在阁子里的主人，恰恰是阁中的匆匆过客。

那是唐上元二年（公元 675 年）的秋天，时无官职的王勃背起行囊，去遥远的交趾看望老父，途径到了江西地界。那一日，滕王阁上名流云集，大家把酒言欢，王勃在长安有盛名，在豫章故郡倒是没有那么大的名气，所以被安排在末座。当时洪州的都督是阎伯瑀，恰恰将滕王阁重修一番，在这重阳佳节，于阁上大宴宾客，以示庆贺。

当然得写诗，建造了二十余年的滕王阁等待来了让它光耀千古的文章出世。“落霞与孤鹜齐飞，秋水共长天一色”，何等隽永之辞！

王勃被敬请上座。阎都督呼左右置酒，众人举杯庆贺，满座宾客一起吟诗作赋。此时的王勃登高望远般的博大，似乎乘长风破万里浪的豪情，仿佛又站立于京都长安的高楼，登上骊山之巅，放眼天下。偏远的古蜀国，滔滔的岷江水，烟雾迷蒙中的岷江五渡口，都有大唐的驿站，都是大唐的诏书能够到达的地方。终军十八岁请缨于汉武帝立誓一定说服南越王系颈受降；宗悫年少抒发“愿乘长风破万里浪”的浩歌；班超青年志于立功西域投笔从戎。朋友年少都不贱，生逢明时，又值风华正茂，正是报国的好时光啊！海内知己，天涯比邻，心事漂泊，生涯苦辛。王子安与滕王阁擦肩的一瞬，才情绝唱，镌入历史。

镌入历史的还有让人钟情的是序后之诗：

滕王高阁临江渚，佩玉鸣銮罢歌舞。
画栋朝飞南浦云，珠帘暮卷西山雨。
闲云潭影日悠悠，物换星移几度秋。
阁中帝子今何在，槛外长江空自流。

在这滕王阁不褪色的壮丽图画中，我们又隐隐捕捉到他豪放飘逸的情致之外的些许无奈；我们读到了那份萦绕在他心头的个人宦途失意的低沉感慨。“关山难越，谁悲失路之人？”这是他面对世态炎凉、惨淡前程的深深叹息。“怀帝阍而不见，奉宣室以何年？”这又是他远离都城、空有绝世才华的无助呐喊。

可王勃毕竟是王勃，他不会沉陷于怀才不遇的泥潭不能自拔。后来他告诫自己：无论处境如何艰难，胸怀也要坦荡开朗；无论环境多么恶劣，品质也要纯洁高尚。他把人生的穷通得失看作常态。“老当益壮，宁移白首之心？穷且益坚，不坠青云之志”，我们看到他在困难与挫折面前，话悲凉为旷达的豪迈，他用坚韧不拔的意志、乐观开朗的情怀和洁身自好的品质，拨动了生命中最强的音符，奏出了命运抗争、不甘沉沦、积极进取的命运交响乐。

长江悲已滞，万里念将归。
况属高风晚，山山黄叶飞。

也许当我们的生活满目疮痍的时候，我们在他那里找得到精神的支持。王勃也终于没有回到故乡，在颠簸汹涌的海上，了结了自己年轻璀璨的生命，死时仅 28 岁。生命之花凋谢在 28 岁的年少有为之时，未尝不是一种遗憾与伤痛。流星般划过文学的天空，却留下永恒的光芒，这又未尝不是一种生命的奇迹。

他用短暂的生命，用自己富有才情的歌唱，用那独具魅力的人格，为我们留下一道永远亮丽的文学风景……

冬之章

冬夜客来

傲雪凌冬梦唐朝，于冬季纵马四海，感受荒野苍苍所带来的血脉偾张，体验横刀仗剑、四顾无敌的意气风发，领略踞东方而傲视天下的逼人气魄，冬寒冻不住锦天绣地与诗人俊才，终于成就唐诗的黄金时代。

异彩纷呈，异域同登场

漫步于月光之中，徜徉于秦岭之下，回环于渭水之滨，仰望满天繁星，在这片山水之间，能感受到很多异域风情。在唐代这个昌盛的国度，在唐朝那段最旖旎的时光里。

你看，威严的大殿内，颜真卿正竭力向唐德宗表达着自己的意见，他说："障车、下婿、观花烛及却扇诗，并请依古礼，见舅姑于堂上，荐枣栗腶修，无拜堂之仪。又，毡帐起自北朝穹庐之制，请皆不设，惟于堂室中置帐，以紫绫幔为之。""毡帐"是他所要表达的重点，作为皇帝嫁女儿的礼仪使，他有权利也有必要表明自己的立场与观点。在他看来，"毡帐"乃是"北朝穹庐之制"，实在不应该用于大唐公主的婚礼之上。可见，当时在婚礼中使用以"百子帐"为名的毡帐的习俗已经盛世极一时，"上自皇族，下至庶族，莫不皆然"。

回顾汉代的细君公主远嫁乌孙后以"穹庐为室兮旃为墙，以肉为食兮酪为浆"来表达对大汉的思念，唐朝对待毡帐的态度更多的则是一种接受，甚至是喜爱。

贞观四年（630 年），唐灭突厥之后，大批突厥人入居唐朝。他们的到来，带来了根深蒂固的生活习俗，也包括其居室文化。突厥的可汗颉利被安置在太仆寺内，“颉利不室处，常设穹庐廷中”，在皇城内张设起了毡帐，无疑这是被唐朝的统治者及其民众所接受的一种行为。

身处这个突厥文化大行其道的时代，白居易用他的诗让后人见识到了毡帐的魄力。唐文宗太和三年（829 年），白居易告老还乡，回到洛阳。在洛阳的旧宅院内，他张设了一顶青毡帐，度过了人生旅途中最后的 18 个年头，《别毡帐火炉》中的雪很厚，但是毡帐一张就带来了不一样的温暖：

忆昨腊月天，北风三尺雪。
年老不禁寒，夜长安可彻。
赖有青毡帐，风前自张设。
复此红火炉，雪中相暖热。

帐小青毡暖，杯香绿蚁新。
醉怜今夜月，欢忆去年人。
暗落灯花烬，闲生草座尘。
殷勤报弦管，明日有嘉宾。

你看，青毡帐、红炉火，《雪夜对酒招客》中还记叙着他喝喝小酒、回忆回忆之前的美好时光，这些点亮了白居易人生最后的那段时光，也以文学的形式记录下了突厥居室文化在唐朝的炙手可热。

在这个包容性无比强大的帝国中，以独特方式存在的文化还有来自世界各地的众多异族文化。那些跋涉千山万水而来的外国友人，大多都是通过官方途径进入唐朝的，他们有些是王室成员甚至是国王本人，有些是身居高位的外交使臣，有些是打着使节旗号的商人，还有些是作为物品贡献给唐朝的各色伎艺人或奴婢……他们的到来为唐朝的文化注入了许多新鲜的血液，使之更加新颖多样。

外来的僧侣们大多携经而来，与出生在唐朝的外国人后裔和居住在唐朝的外国居士，共同从事译经工作，为唐代的宗教文化增添了新的内容；来唐的音乐歌舞艺人们，带来了他们各自国家与民族的艺术作品，在唐朝这个大熔炉里，迅速与唐朝的艺术融为了一体，那种兼具中原色彩与异域风情的艺术，成了中国艺术史上璀璨的明珠；来唐的百戏艺人们，凭借其独具特色的容貌与外形，加上惊险刺激的杂技与幻术，不仅在民间深受欢迎，就连屡次出文禁止百戏的统治者也极为欣赏，这就为唐代的民间文化加入了新的元素……

科技文化的输入，也是外来文化与唐朝文化融合非常重要的一个方面，其中尤以医药和天文历算最为突出。唐朝统治者不仅屡次派遣专人往海外采访异药，而且对外来医药的性能深信不疑。外来药物、医生、医术和医学著作等都大量涌入唐朝境内，大大丰富了中国古代医学宝库的内容；唐代天文历算深受印度和波斯的影响，多种天文学著作都在此时传入中原，而且与中原固有的传统文化结合在了一起。

在如此兼收并蓄的时代，唐朝的统治者与其他朝代的帝王相比具有更强的好奇之心，虽然他们极力掩饰自己对于“新奇之物”的喜好，但那些在当时流入中原的事物却使其初衷无所遁形。

极具神奇色彩的兽中之王，西来的狮子开始与东方的神兽龙相提并论；作为衡量武力强弱的重要指标，唐朝主动到西域的大食国购求良马；唐代绘画中出现的白鹦鹉，也与杨贵妃联系在了一起；补中益气、止咳去痰，来自于波斯的枣椰树，成功地移植到了唐朝的土地上；可用作芳香制剂的水仙与茉莉，也引起了唐朝人的极大兴趣；利五脏、通肠胃，最初起源于波斯的菠菜，也作为蔬菜的一种进入了唐代人的生活……

唐朝时的中国文化，如同一块巨大的海绵，吸收着来自世界各地的不同文化；同时，也是当时世界最大的文明聚集地，源源不断地向世界各地输出文化。无论是一衣带水的近邻，还是远隔万里的异域，至今为止都还留有唐朝文化的影子。

赤县扶桑，一衣带水，一苇可航。昔鉴真盲目，浮游东海。晁衡负笈，埋骨盛唐。情比肺肝，形同唇齿，文化交流有耿光。堪回想，两千年友谊，不等寻常。

一首《沁园春》，讲述着源源不断到来的遣唐使们最大限度地汲取唐文化精髓的情形。三省六部制、均田制都曾是日本确定政治制度的依据与蓝本，儒家的经典也曾是日本教育的主要内容，8 世纪日本的平城京与平安京便是依照唐朝长安城的样子兴建的……思想、制度、艺术、历法、建筑、风俗等方面，日本都受到了唐朝文化的全面影响，甚至在一定程度上可以说是模仿。

与日本类似的还有新罗。在唐朝的外国留学生中，新罗的人数最多，他们回国后，依据唐朝的法制，改革了本国的礼仪和法律，设立科举制；他们广泛研究中国的天文、历法、医学、文史典籍等；他们在与唐朝的贸易过程中，不断输入丝绸、茶叶、绣物、陶瓷、药材、书籍等，人民的生活习惯与风俗也受到了唐朝的影响。

世界的很多角落里，有丝绸、陶瓷和纸张的影子，有身着唐服之人，有一条名人“唐人街”的地方；唐朝的生活中，随处可见不远万里而来的新奇物品，随处可以欣赏外来的音乐舞蹈表演，随处可见颇具异域风情的建筑与衣着。唐朝在世界各地留下了美丽的回忆，世界也给唐朝增添了动人的旋律，文化的交流让中国与世界都获益匪浅。

这就是异常纷呈的交流。在中国历史上，如此盛大的文化交流，唯唐朝而已，这是一种自豪，也是一种大度。它以自身拥有如此完备的文化体系而自豪，它也谦卑地接受外来文化以显其大度，这是一种穿越了几千年都不曾再有过的完美结合，同时，这也是一种跨越了千年也未曾消失的厚重积淀。

定格东西交流丝路

边城暮雨雁飞低，芦笋初生渐欲齐。
无数铃声遥过碛，应驮白练到安西。

这是唐人张籍《凉州词》，唐代的凉州，那是怎样一番景象？一串飘荡在沙漠上的铃声，自然便有驮运货物的骆驼以及一行押运人员。在那广袤的大漠之中，头顶炎炎的烈日，脚下焦灼的沙尘，一字排开保持前行的队伍，何等美妙的一幅场景，何等炫目的一幅水彩画。这其中，与自然中的一切相比，人是渺小的；但能在如此的环境中走出一条路，人又是伟大的。这条自西汉张骞出使西域而产生的路，在一行人的脚下不断延续着，一直伸向远方。

路的尽头，是那个让中国人为之自豪、令世界为之赞叹的唐朝都城——长安城。在这个当时世界上最繁华的都市里，从外奴、艺人、歌舞伎到家畜、野兽，从皮毛植物、香料、颜料到金银珠宝矿石金属，从器具牙角到武器书籍乐器，各种物品应有尽有。

理所当然的，就有许许多多的人竭力屯奇居异，有钱人不仅购置奇珍

天舒 2017.9

异宝，而且还尽可能在家里蓄养宠物、奴伎。帝王皇族带头，豪绅阔户效之，庶民百姓也以把玩异域奇物为能。

这条带来遥远国度奇珍异宝的便是“丝绸之路”，“丝绸之路”一词源于西方。在西方人的心目中，中国自古盛产丝绸，中国的海外贸易也以丝绸最为有名，所以，19 世纪的德国地理学家李希托芬便把中国从陆上和海上通往西域的国际贸易通道统称为“丝绸之路”。之所以用丝绸来命名这条贯通东西之路，只是一种形象的说法，在“丝绸之路”上流通的远不止于丝绸这一种物品，还有茶叶、瓷器等，甚至还包括文化、思想。

在李希托芬眼中，“丝绸之路”只是一个关于商路的统称。事实上，因为中国是丝绸的宗主国，大量的中国丝织品出口，多经长安西运，故后人称之为古代“丝绸之路”。而从陆路通往南亚、西亚以及欧洲、非洲的贸易通道，称为“陆上丝绸之路”；从海上交通连接东西方的海上通道，称为“海上丝绸之路”；经过草原或沙漠的贸易通道，则被称为“草原丝绸之路”。其中，为人们所熟知的是贡献最大、影响最广的“陆上丝绸之路”和“海上丝绸之路”。

自西汉时期便已形成的是“陆上丝绸之路”，而这条路在东汉时期陷入了半通半停的状态。唐朝的统治者在建立了大唐帝国之后，再次将注意力放到了这条商路上来。唐代初年，在攻灭西突厥后，丝绸之路再次畅通无阻，当时阿拉伯、波斯以及其他西亚国家的商人，沿着这条道路来到中国，带来珍宝、玉石、香料等商品，再载运中国的丝绸、瓷器等商品返回。天山南北道上出现商旅不绝的繁忙景象，“陆上丝绸之路”进入了它的黄金时代，形成了自汉代以来东西陆路交通的极盛高潮。

万里骋焉耆，奔程踏丽龟。
碛深嗟孤独，山远象蛾眉。
水陆分三郡，风流效四夷。
故城依绝域，无日不旋师。

诗人纵马驰骋于辽阔的大漠戈壁深处，战马飞驰过一个个高低起伏的小丘，就像踏在隆起的龟背上行走，别有情趣。蓝天高远，大地无垠，诗人骤然间感觉到人的渺小存在，感受到自己隐藏内心的那缕孤独，但没有流露出一丝感伤情绪。他在饱览边地山川秀色的同时，更看到焉耆这个军事重镇控扼西疆险要，正是报国有时，英雄有用武之地！因此，这首诗格调豪爽，别有一种奇壮之美。

敦煌，这个“丝绸之路”上的古城，也在这一时期开始进入了历史的视野。敦煌壁画中绘有在伎乐天伴奏下起舞的舞女的身姿，伎乐天们肤色各异，她们手持西域的乐器进行伴奏。这是跳波斯舞和胡旋舞的舞女，这种西域的舞蹈也传入了长安，李白的诗中也有提及：“故姬貌胡花，当垆笑春风，笑春风，舞罗衣，君今不醉将安归?”壁画上还有一尊被认为是唐太宗的画像，这个中国历代皇帝中唯一一个被沙漠绿洲之国尊称为“草原霸主”并给予“天可汗”称号的人，身后是唐朝官员们，甚至还有西域各国国王的身影。唐朝在国际上赢得了广泛的信赖和声誉，“丝绸之路”备受各国商旅青睐，敦煌便也随之成为当时闻名于世的一个古城。

但好景不长，随着“安史之乱”的爆发，唐朝驻守西疆的四镇边兵东调长安，一时西北边防空虚，吐蕃乘机占据河陇，回鹘南下控制阿尔泰山一带，大食加强了中亚河中地区的攻势，三种力量混战不已。从此，唐朝政府失去了对西域的控制，一时丝路上“道路梗绝，往来不通”，“陆上丝绸之路”由此中断，故而有“乘槎消息断，何处觅张骞”的哀叹。

那场令大唐帝国由盛而衰的战争，打断了“陆上丝绸之路”的黄金时期，中外商业交通的重点开始由西北陆路向东南沿海转移，从而带来了“海上丝绸之路”发展的契机——扬州城的闻名于世。

扬州，在当时是与明州、泉州、广州齐名的海外贸易港口。李白有诗云：“楼船跨海次扬都”，唐代居住在扬州的外国商人数量很多，这些外国商人有相当数量是沿着“海上丝绸之路”而来的。高僧鉴真在玄宗天宝年间东渡日本，在扬州市场上购买了许多商品以便携往，如藤篁来自广州和桂州等岭南地区，安息香、沉香、胡椒等香料原产于南亚和西亚地区，都是通过船运抵扬州出售的。

“海上丝绸之路”弥补了“安史之乱”后唐朝的孤立境地，使这个中国历史上的极盛帝国再一次跻身于世界先进国家的行列中。无论“陆上”还是“海上”，丝绸之路都是架设在东西方之间的桥梁与纽带，犹如一条彩带，将唐帝国与当时世界的其他国家联结在了一起。“丝绸之路”是世界交通史上的奇迹，唐朝的“丝绸之路”更因其帝国的身份和权威，在世界上显示了自身的分量和影响。

一首唐词，一宛清香，那些绚丽多彩的壁画，那些香气四溢的香料，无一不是东西方交流的见证，在书中定格。

望尽似犹见，哀多如更闻

一千二百多年前，成都郊外有座“八月秋高风怒号，卷我屋上三重茅”的破房子。大雨天屋内下小雨，冬季屋里屋外一般寒，这里还经常遭到乡间小痞子的破坏和偷盗。然而，就是在这间凋敝的陋室里，居住着一个伟大的诗人。他在这里发出呼唤：安得广厦千万间，大庇天下寒士俱欢颜……

在祖国的两条大河之间，诗人曾经歇息过多少个乡村客栈？他曾经熬尽了多少个清冷的夜晚？可他从来都不认为只有自己在形单影只地抵抗着忧愁。他的胸腔发出了这样一种声音：磅礴、结实而又沉稳。若能实现“大庇天下寒士”的宏图理想，他宁愿“吾庐独破受冻死亦足”，面对着被秋风和顽童掀去茅草的陋室，他展现出欢颜。

是的，他就是诗圣杜甫。

“望尽似犹见，哀多如更闻”是杜甫诗中的一句。我觉得用这句来形容他的一生，丝毫不为过。

提起杜甫，就想起一个瘦骨嶙峋的夫子来。这位杜诗人，一步一忧，每饭必愁。穷其一生追求着、渴望着，结果却是一生的忧思悲愁，艰难困苦。虽然后人常乐于称道他的什么“三别”“三吏”，以及说李白诗如《庄子》，他的诗如《史记》，所谓“李杜文章在，光焰万丈长”。

想起那些封为“圣”的人，好像日子都过得不怎么样。想当初孔老夫子被困的种种难堪，将“大学”发扬光大的朱夫子不得志的种种，都是苦哈哈的。似乎这些困苦是成为圣人的必要历练。

杜甫与李白同时代，比李白小十几岁。李白诗歌的飘逸洒脱与杜甫的深沉伤悲形成鲜明的对比。其实杜甫当初并非如此，记得他初识李白时，很不理解李白，有诗道：“痛饮狂歌空度日，飞扬跋扈为谁雄”？那时的他豪情壮志，对未来有着“会当凌绝顶，一览众山小”的气概。登上高楼，俯视群山，看到的是那一片葱绿叠翠的景色。泰山在这群山中显得出类拔萃，格外宏伟。远处的云朵层层叠叠，飞鸟在云中穿梭，壮丽景色之外，是他独有的豪情壮志。

经历屡次不第和国家动乱后，杜甫才成为后来世人眼中郁郁寡欢的样子。如若当初不会进士不第，有人赏识，他会是怎样的一个杜诗人呢？

怀才不遇的他为君忧，总希望能为君尽忠；为民忧，希望为黎民谋利。命运却让他要成为一个伤乱时期的诗人。让他的诗歌记载下那时事、那时情。

于是，为国、为君效力，写下了悲与伤的动人情愫动人。

从他的诗中可知道，他曾认为自己勤奋读书过万卷，下笔有如神助。作赋可与杨雄匹敌，作诗堪比曹植，是个本应居重要位置的人。他能辅佐君主治理国家，比尧舜时期还好。

读书破万卷，下笔如有神。

李邕求识面，王翰愿卜邻。

赋料杨雄敌，诗看子健亲。

自谓颇挺出，立登要路津。

致君尧舜上，再使风俗淳。

只可惜无人认可他的这番自诩，仕途颇为不佳。再加之两次进士不第，奈何？

他悲，他等。当他得知一位绝代佳人幽居深山的遭遇时，同为天涯沦落人之感油然而生。他怜惜绝代佳人，怜惜自己满腹才华，在一种隐隐的触痛中，道出双关语般的“在山泉水清”而不愿“出山泉水浊”的品质。

他渐渐理解李白何以痛饮狂歌了。但性格使然，他不会洒脱，而是沉浸在步步忧愁和悲伤情怀中不能自拔。他写出的诗、道出的范围很广，将自己生活在那个时代的诸多事件呈现出来，难怪后人称其诗为“诗史”。

月下，他的独酌也是那样的凄苦。

香雾云鬟湿，清辉玉臂寒。

何时倚虚幌，双眼泪痕干！

在美美的“飞星过水白，落月动沙虚”“玉露团清影，银河没半轮”月夜下，会感到“江月光于水，高楼思杀人，天边常作客，老去一沾巾”。似乎总是不会随遇而安，与李白在月下独酌时，“举杯邀明月，对影成三人”，与相期邈云汉的洒脱何其不同。

忧愁、伤感、悲苦，如影随形地吞噬着他的心。古人云：“人面合眉眼口鼻，以一字曰苦，知终身无安逸之时。”杜甫将其演绎了出来。提起他，人们想到的便是他愁苦的模样。

其实，他也曾极度欢喜过，得知官军胜利的消息时，与“妻子漫卷诗书喜欲狂”样子一般高兴，那种“白日放歌须纵酒，青春作伴好还乡”的兴致，还有逢旧友时舒心道出“正是江南还风景，落花时节又逢君”的惊喜，只是太少。他会瞬间化快乐为愁云，让自己不得尽欢颜。晚年，当他在江边极目望去时，再也没了“一览众山小”的气概，有的是“飘飘何所似，天地一沙鸥”“亲朋无一字，老病有孤舟”的悲伤。

他也饮酒，他真的是“举杯消愁愁更愁”的人。他也曾说“莫思身外无穷事，且尽生前有限杯”，可他是多情善感的杜甫，本性难改啊。直到多病不能饮酒，嗟叹与写实成为他的生活主题。

他的《兵车行》的开头是一幅悲惨的图景：

车辚辚，马萧萧，行人弓箭各在腰。耶娘妻子走相送，尘埃不见咸阳桥。牵衣顿足拦道哭，哭声直上干云霄。

边庭流血成海水，武皇开边意未已！

君不闻汉家山东二百州，千村万落生荆杞。

纵有健妇把锄犁，禾生陇亩无东西。

最后，借想象为那些无辜的死者发出悲愤的哭喊：

君不见青海头，古来白骨无人收。

新鬼烦冤旧鬼哭，天阴雨湿声啾啾！

在唐诗中，具有深刻的批判精神的作品，是从来没有出现过的，这首诗达到了顶点，无人能越。

清明澄澈的天地宇宙，浩浩荡荡地涤荡了无数人的故事。而你——杜甫，你的精神却永远闪着光，照耀一代又一代的人。让后人在这个已是大道而公的世界里走近你，为你而歌吧！

落魄江湖载酒行

一卷摊开唐朝风雨，纵横捭阖，其间，斑驳陆离的影，一地英华。满眼风物，延绵不绝，你最爱谁？也许杜牧是其中的一个。而在宋代词人当中，我想宋朝的姜夔怕是也这样想，要不然，他最有名和广为人知的词《扬州慢》就不会唯独提起杜牧：

杜郎俊赏，算而今重到须惊。二十四桥仍在，波心荡，冷月无声。念桥边红药，年年知为谁生？

杜郎，也就是杜牧。姜夔写这首词，一定是想起了当年杜牧的那首诗：二十四桥明月夜，玉人何处教吹箫。

还有“情深深雨蒙蒙，多少楼台烟雨中”这首歌的作者，也是和杜牧心境相通。对酒当歌，有人独爱杜牧的《江南春》：

千里莺啼绿映红，水城山郭酒旗风。
南朝四百八十寺，多少楼台烟雨中。

杜牧身上的确有着太多让人喜欢的理由，从表面来说，他有着家学渊源的身世和进士及第的荣耀。从骨子里来说，他又有博古通今的才学和举手投足间一派鹤舞长空的俊朗飘逸，至于他那令晚唐诸家让渠独步的诗赋、一气呵成的书法，就更不用说了。

众所周知，杜牧还有首三岁孩童都能背诵的诗：

清明时节雨纷纷，路上行人欲断魂。
借问酒家何处有，牧童遥指杏花村。

杜牧和所有历史上有名的文人墨客一样，是有故事的。他也有和他们相通的个性：比如喝点酒，来打发时间、刺激灵感。

杜牧年轻的时候，也是花酒流连，喜欢豪华盛大的场面，并在公共场合适时地来段脱口秀。他当然是有那个才气的，笔记上说杜牧“少有逸才，下笔成咏”。

“忽发狂言惊满座，两行红粉一时回”，就是杜牧坐在一堆红粉佳人中当场吟出的。

杜牧和很多文人一样：多情、深情而又痴情。一天，杜牧遇到了一位十来岁的女孩，惊为天人，感叹过去的女子都是虚设。

这是他第一次遇到让自己魂牵梦萦的女孩，于是招来那对母女，约定十年之后迎娶这位他一见上心的女子。可惜杜牧因为杂事纠缠，直到十四年之后再去寻访那对女子，才知她已为人妻为人母三年了。当时杜牧是湖州刺史，不仅没有勉强那女子，还送了她一笔大礼算是补份嫁妆。

命运常常残忍而苦闷。雨落青丝，滑落脸庞。让我们看见岁月和爱情的刺痛。杜牧也只能写一首很感伤的诗来缅怀：

自是寻春去较迟，不须惆怅怨芳时。

狂风落尽深红色，绿叶成阴子满枝。

这样的遗恨无论古今，都有不少。自己寻春赏花去迟了，以至于春尽花谢，错失了美好的时机。

杜牧到了晚年，有迟暮之感，自己所处时代则是晚唐，政治上很不得意，书生正心、修身、齐家而不能治国平天下，这是一件让人很郁闷的事，于是，杜牧只好“十年一觉扬州梦”了，而回头看看时，空有一身才华一腔抱负，只能“落魄江湖载酒行”，只能“赢得青楼薄幸名”，怎能不抑郁、不忧愁、不才华横溢地写一首诗来遣怀呢？于是，一首很沧桑的诗横空出世：

落魄江湖载酒行，楚腰纤细掌中轻。

十年一觉扬州梦，赢得青楼薄幸名。

他想到了什么呢？他一定是想到了往昔的风流已被雨打风吹去，年轻时的豪情意气都一去不回了，而他在青楼酒馆当中遭遇的那些轻吟浅唱的女子，有谁还会记得他呢？

时光荏苒，岁月如梭。一个落魄才子行走在街灯下。他最喜欢的事是在灿烂的灯火中看穿梭的人群，自己默默行走，用沉默来抚平心中的伤痛。他也不知道自己为何忧郁、为何不开心。他也不知道自己为何对这个世界如此失望、对自己如此失望。他为赋新词强说愁，他也说天凉好个秋。他最喜欢说“落魄江湖载酒行”，他最喜欢喝酒想心事。

他不可能以科举进入政界，只能以卑微的身份进入商界。他自认为有才华，却又换来别人的冷眼哂笑，于是，他只好“十年一觉扬州梦”。在梦中，他或许会遇到魂牵梦绕的爱人，让自己平淡单调的生活多一丝风情，点缀尘世里的苦乐悲欣，回忆才不至于死寂沉沉，虚弱得几乎支撑不了那不堪重负的今生今世。

美丽传说，入藏轶事

在我国古代，有一个美丽的传说。传说中太阳是一只金乌，它栖息的地方是一片幸福安宁的乐土——西部雪域，两边的山脉不见边际，矗立在青藏高原的蓝天下，山上松柏如画，山下小河如诗。这里是闻名于世的藏族歌舞之乡。

黠虏生擒未有涯，黑山营阵识龙蛇。
自从贵主和亲后，一半胡风似汉家。

后来，这里来了位汉族的公主，唐人陈陶《陇西行》记叙着那一千多年前的故事，从遥远的长安来到这里。入藏，朝着前方的暮色一直行走，会有什么样的故事发生呢？

那一年冬天，九五之尊的唐太宗，为了巩固基业，要让心爱的文成公主远嫁西域吐蕃。美丽娴静而又知书达礼的公主，在接受了母后赐予的日月宝镜后，就要离开这片皇天后土，踏上前往吐蕃 3000 公里漫长的西行之路。此番入蕃，在她瘦弱的双肩上，担负着完成和亲、完成唐蕃间和睦邦交的重任。在她的身后，马车承载着的是父皇特殊的嫁妆：500 驮五谷种子和 1000 驮锄犁，要在新的土地上播种文明与希望。

中国历史上，有不少以公主或宗室女下嫁番邦国王和亲的事例，唐太宗时期，文成公主远嫁吐蕃，便是和亲的典范。在她的影响下，汉藏两族的友谊有了很大的发展，所以，文成公主被誉为最成功的女外交家，实不为过。

此时的唐朝，正是“贞观之治”时期，是我国封建社会最辉煌的时代。那时，经济繁荣，文化发达，国家富强，是当时的世界强国。世界各地的商人云集长安，和唐人做生意，他们以来到长安为荣。这些商人成为文化交流的使者，为中原地区和各少数民族的交往做出了重要贡献。正是唐朝的强大，使得周围各少数民族首领纷纷表示臣服，为了加强自己和唐朝的亲密关系，都争先恐后地派使者向唐求婚。唐朝的和亲与汉朝不同，汉武帝之前，由于战乱而国力孱弱，汉朝是以被动和亲而换得七十年边界安宁，而唐朝的和亲则完全显示了一个大国的强盛之音。

而在这个时候，一代英主松赞干布也已称雄雪域高原，完成了对一些小国的兼并，定都逻娑（今西藏自治区拉萨），建立了统一的吐蕃王朝，并积极谋求与唐朝建立密切关系。从公元 634 年始，他两次派能言善辩、聪明机智的大相禄东赞出使长安，向唐皇求亲。

因为当时吐善已经击溃了吐谷浑，已然成为西南举足轻重的强邦。唐太宗深谋远虑，觉得只有对吐蕃加强笼络，才能保证大唐西南边陲的稳定，因此，才千方百计地对他们从经济和文化上予以协助，使吐蕃在潜移默化中感激和追随大唐。文成公主实际上就是肩负着这项和睦邦交的政治任务远嫁的，这支送亲的队伍也是前去协助她完成这项使命的。

公元641元，唐太宗终于同意了松赞干布和亲的请求。

文成公主端庄聪慧，自幼饱读诗书，她虽然对遥远的吐蕃心存疑虑，却又充满了新奇的向往。带着一份对未来生活的憧憬与对家人的眷恋，在贞观十五年的一个冬天，她离开了长安。之所以要在隆冬季节出发，是因为由长安经陇南、青海到西藏有一个多月的路程，沿途要经过几条湍急的大河，隆冬季节河水平缓，才便于送亲队伍通过。

送亲的这支队伍，除了携带着丰盛的嫁妆外，还带有大量的书籍、乐器、绢帛和粮食种子。除了文成公主陪嫁的侍婢外，还有一批文士、乐师和农技人员都在送亲的队伍中，使得这支队伍显得尤为特别。

经过一个多月顶风冒雪的艰苦跋涉，春暖花开的时候，文成公主一行到了黄河的发源地——河源，这里水草茂盛，牛羊成群，一改沿途风沙迷茫的荒凉景象，让人精神为之一振，心情一点一点明朗起来。这时，松赞干布来了，双方一对视，她身着华服，端庄秀丽、温柔文静，透露出大唐的从容与优雅。而他被热烈的干阳烤得皮肤黝黑、体格健壮，连带眉宇间的神采都显示着男子汉的英气勃发——两人一见钟情。

经过长途旅行之后，再搭上马匹，稍稍抬一下腿，骑上去，然后，朝着前方的暮色一直行走。速度不快也不慢，暮色渐渐亮丽。这时，马停了——拉萨城到了。

入藏完毕，接下来就是“自从贵主和亲后，一半胡风似汉家”的故事。当时藏族没有文字，记事时用绳打成结，或在木头上刻一些符号来表示。在文成公主的主张下，松赞干布派人专门研究，创造了20个藏文字母和拼音造句文法，从此，汉文书籍就可以用藏文翻译出来，发展了藏族的文化。西藏过去没有完整、可靠的历法，以麦收的三月为一年的开始。

文成公主入藏后采用了汉族的历法，促进了农业生产的发展。文成公主带去的乐队，丰富了藏族的民间音乐。还有那些工匠，这时也发挥了作用，他们帮助藏族人民发展手工业，掌握各种先进的生产技术。农业上也采用了新式的农具和汉族的种植方法。文成公主带去的种子也在藏族的土地上生了根，传了代。

从此以后，汉藏两族经济和文化的交往越来越频繁。松赞干布将贵族子弟送到长安去学习文化，还邀请了汉族文人到西域为他们缮写汉文的公文。唐高宗初年，文成公主派人再次要求唐朝派工匠传播先进技术，得到了允许。于是，汉族的冶金工艺、农具制造以及纺织、建筑、制陶、碾米、酿酒、造纸、制墨等技术都先后传入西藏。同时，西藏的特产犀角、麝香以及马匹、金器等也流入唐朝。

历史仿佛被定格，美丽公主西出的背影，依然在诗歌中传唱，现在，在藏民中间流传着一首歌，歌中这样唱道：

今天文成公主来西藏
狮子进了大森林
孔雀落在大平原
不落的太阳高高升起
西藏从此幸福太平
……

天舒
2017.9

鼙鼓惊，曾记那一帘幽梦

忆昔开元全盛日，小邑犹藏万家室。

稻米流脂粟米白，公私仓廪俱丰实。

繁华的大唐，开元年间如莲花愈开愈灿，诗人杜甫在《忆昔二首》中盛赞到连小县城都有上万户人家。农业连年获得丰收，粮食装满了公家和私人的仓库，却不知底下的淤泥也越来越厚，只是在君王的眼里，恐怕也只有“名花倾国两相欢”吧。

杜甫经历了“安史之乱”之痛，所以，他以回忆口吻写就的诗作特别地真切，在《忆昔二首》中说道：

洛阳宫殿烧焚尽，宗庙新除狐兔穴。

伤心不忍问耆旧，复恐初从乱离说。

那时轻移莲步出华清池的杨玉环，体态生香，在丝竹声中翩翩起舞，游若惊鸿，目光流转百媚生，一旁的玄宗如痴如醉。“若禄山也在朕身边该多好!”想起上次为他饯行时，自己还将御衣脱下赠给他，想来已经是一年前的事了。说这句话时，他还不知自己的宠臣已在范阳举事，渔阳的鼙鼓，生生地将他的霓裳羽衣曲“撕”成了后庭花之乐。

公元755年，安禄山借奏事官从长安回到范阳之际，伪造诏书，示于诸将:“有密旨，令禄山将兵入朝讨杨国忠，诸君宜即从军。”遂联合史思明，十几万人马浩浩荡荡挥师南下，“步骑精锐，烟尘千里，鼓噪震地”，这时的唐玄宗才如梦方醒。

其实，此前安禄山叛乱的迹象不可谓不明显，作为身兼范阳、河东、平卢三镇的节度使，他在范阳城北建筑雄武城，广招兵马。早在天宝元年，他所控制的三镇兵力就占全国兵力的三分之一。后来，他又利用民族矛盾，大搞分裂活动，兼并了阿布思的数万精兵，总兵力有二十多万。经过十年左右的准备，已成为节度使中实力最为雄厚的一霸，而此时，唐玄宗春秋渐高，骄情荒政，纲纪大乱，所以，安禄山才得以“计天下可取，逆谋日炽”。他此次借讨伐杨国忠之名叛乱，正是因为杨国忠屡次向唐玄宗告他谋反。杨国忠未必知晓他的居心，他如此行事更可能是出于二人之间的隔阂。想当年，安禄山入朝，杨国忠与杨贵妃姊妹皆出外远迎，将其视如贵宾。杨国忠有意示好，主动搀扶他上下朝登殿阶，但安禄山却“视之蔑如也”，这让他如何不恼火。后来的马嵬（今陕西兴平市）兵变中，杨国忠被将士杀死，也算是师出未捷身先死，可怜他的妹妹杨玉环也成了陪葬，香消玉殒。

后来，太子李亨也向玄宗告他谋反。安禄山毕竟手掌十几万人马呀!唐玄宗于是听从了杨国忠的建议，召他入朝，以观其变。以安禄山之精明怎么不知皇上何意?他孤注一掷，飞驰入长安，反将了杨国忠一军。天宝十三年（公元754年）正月，安禄山入见玄宗，哭诉说：“臣本胡人，陛下不次擢用，累居节制，恩出常人。杨国忠妒忌，欲谋害臣，臣死无日矣。”玄宗好言相慰，从此对他更为信赖，凡是上言安禄山谋反的人，玄宗皆命执送于安禄山，任其处置。

所有的迹象都不能偏移历史发展的方向，这是最好，离乱才能得到唏嘘，诗人才能有别样的表达情感，这样就好，这样就很好。这样才能看到唐朝应有的败退面貌，才能有朝代的更迭。

于是，从长安回到范阳后，安禄山便迅速发动了将大唐帝国搅得天翻地覆、日月失色的“安史之乱”。海内承平日久，百姓多年未见战乱，忽闻叛乱爆发，远近震骇。叛军所过州县，无敢拒之者。甚至士卒登城，听到敌人的鼓角声，竟吓得屁滚尿流，纷纷坠落城下。不足两月，叛军就攻陷洛阳，安禄山自称雄武皇帝，国号大燕。

此时的唐玄宗携带着杨贵妃仓皇逃往成都，途中发生了马嵬兵变，可怜玉环“宛转蛾眉马前死，花钿委地无人收”。不久，唐玄宗的儿子李亨在灵武即位，即唐肃宗。他任用郭子仪、李光弼等大将平乱。公元757年，安禄山被其子安庆绪杀死，唐军乘机收复长安、洛阳等地。后来，肃宗担心郭、李二人功高盖主，把兵权交给了不懂兵法的鱼朝恩，史思明很快又攻陷洛阳。后来，史朝义杀死其父史思明。公元762年，唐军再次收回洛阳，史朝义出逃中被迫自杀，其部下将领全部投降。历时八年之久的安史之乱终告结束，从此之后，唐王朝一蹶不振。

盛极的莲花，凋零得如此迅速，只留下一池浮萍，再也拼凑不出一个完整的大唐盛世。

忆昔先皇巡朔方，千乘万骑入咸阳。
阴山骄子汗血马，长驱东胡胡走藏。

杜甫的《忆昔二首》顾名思义有两首，这是另外的一首，追忆往事，无限感叹，唐王朝虽然借回纥以及少数民族出身的大将平定了叛乱，却也留下了隐患，他们拥兵自重、各自为政，和中央王朝一直分庭抗礼，直至唐灭。同时，边防重兵调遣内地平乱，西方吐蕃乘虚而入，从此，唐王朝内忧外患，朝不保夕，一直在风雨中飘荡，直至最后的灭亡，那一帘幽梦，随鼙鼓声破碎。

那光照盛世的种种，那在诗歌中出现过的昌盛，点滴溃散，最后风貌或风情还是，还是离开了唐朝堂，只留在了纸页里。

飞驰塞北沙如雪

北风卷地白草折，胡天八月即飞雪。
忽如一夜春风来，千树万树梨花开。
散入珠帘湿罗幕，狐裘不暖锦衾薄。
将军角弓不得控，都护铁衣冷难着。
瀚海阑干百丈冰，愁云惨淡万里凝。
中军置酒饮归客，胡琴琵琶与羌笛。
纷纷暮雪下辕门，风掣红旗冻不翻。
轮台东门送君去，去时雪满天山路。
山回路转不见君，雪上空留马行处。

飞雪之中，只有冷！

这塞外的天气变化太快了！这时节尚未到重阳，竟已然飘起了如此大的雪花！此时，天地间一片寂静，平常再熟悉不过的军号声也好像被冻僵了一样。

手好像都有点不听使唤了。岑参叹了口气，把正在草拟的文件放在一边，踱步来到了军帐门口。

好大的雪啊！他出神地望着外面那白茫茫的世界。

也许诗人的内心总是和外面的世界有些不协调吧。当好朋友在一起聚会的时候，时间过得总是那么快，自己根本没有工夫去想些什么，酒成了聚会的主题。但当一个人独处的时候，诸多烦心事不由得“才下眉头，又上心头。”

岑参原本是南阳人，出身还算不错。父亲岑植任晋州刺史，也算官宦家庭。5 岁开始读书，9 岁时已能写一手漂亮的文章。如果父亲能更长寿一点，就可以向朝廷举荐岑参了。但是，15 岁那年父亲不幸去世，家道中落，从此他便随哥哥学习，遍览经史。

文人们啊，始终割舍不掉的就是对君主的那份忠诚和眷恋。

天宝三年（公元 744 年），已近而立之年的岑参考中进士，被朝廷授予兵曹参军一职，好像开始步入一个读书人的正轨。

然而，在长安的五年官宦生涯，让岑参逐渐看清了一些事情。大唐都城长安是好像一个巨大的磁场，所有渴望光荣与梦想的年轻的读书人都会被它吸引，岑参也不能例外。长安又是一个巨大的超级交易批发市场，在那里读书人将青春与才华无怨无悔地与帝王进行交换。长安城的吏部大堂，三十年批发出了多少顶乌纱帽啊！长安城的雁塔石壁上，三十年又留下了多少进士的题名！岑参或许没有去细数，因为他知道，能把自己名字刻上大雁塔的人实在是屈指可数，其余的士子们除了落榜还是落榜，除了失意还是失意！

但是，那些考中了的举子们似乎很快就忘记了当初兼济天下的誓言，他们很快就适应了上层社会的生活方式。夜夜笙歌、眠花宿柳成了他们的家常便饭。人，难道真的可以抛却自己的理想过一辈子吗？他们可以，岑参不可以。

他开始厌恶官场那些貌似优雅的繁文缛节，他要走出去，到祖国的西北边塞去，那里才会有他真正的追求。

战争无法让诗人走开。黄沙漫漫的边塞沙场，戍边将士的内心世界，对于诗人是无法抗拒的诱惑，诗人是时代的记录者，是戍边将士内心世界的代言人。真正的诗人岂能对沙场与征战无动于衷呢？岑参是真正的诗人，真正的诗人就无法冷眼面对战争。

天宝八年，岑参35岁，第一次走出了长安城，走到了塞北。想到自己已过“而立之年”，却还未建功立业，不由心头一紧。“功名只向马上取，真是英雄一丈夫”，从唐都长安到西安，路途遥远，且多戈壁沙漠，旅途之中风沙袭人，有时更进入“平沙万里无人烟”的地方，以至于“今夜不知何处宿”。但岑参胸存大志，不畏艰苦，意气风发，一路高歌向安西都护府前进。

短短两年的时间一晃而过。虽然零星地参加过一些小的战斗，但边疆基本没有什么大的战事，自然无大功可建。而且出来的时间太长了，该回去看看那些老朋友们了。

哦，这次回到长安，风物又有很大不同了呢。盛唐已然显露出它巍峨的气象，长安城作为帝国的心脏，每天不知要处理多少事情。也许，它已经不只是大唐的首都，而是天下的都城。又逢四海为家日，大唐的天空是湛蓝的，大唐的疆域是辽阔的。遥远的西域古国龟兹再次纳入了大唐的版图，高丽国王向长安派出了称藩的使节，岭南的广州成了大唐节度使的府第，难于上青天的蜀国剑阁古道又由大唐的将士戍守。大街上竟然还有很多金发碧眼的外族在闲庭信步，到处洋溢着繁荣的气息。

但是，岑参终究不属于这繁华之地。在天宝十一年秋天和杜甫等五人同登慈恩寺塔，留下了文坛一段佳话之后，再次出塞，回到了让他魂牵梦绕的安西。

这些年，岑参经常往来于吉木萨尔、轮台、吐鲁番和库车等地，耳闻目睹了边疆战士艰苦的行军、作战生活，也深深感受到大唐的军威。他深受激励和鼓舞，写下了一篇有一篇诗歌：火山黄云，狂风大雪，飞沙走石，金甲红旗，胡琴羌笛，这些都成了他的感情依托，正是借助于这些东西，岑参才找到了真正的归宿。

就是那些年轻的面孔呵，为了大唐的盛事，毅然来到这苦寒之地。他们中有的是抛却新婚的妻子，有的是叩别了年迈的双亲。但是他们没有怨言，风雨无阻地行军、扎营、作战。一个真正的男人，或许只能在这里找到吧！

秋高马肥的季节，岑参与将士们一起围猎补充给养。飞鹰走狗，辽阔的草原任他驰骋；大雪纷飞的时候，他与将士们一起生火取暖，天下奇谈且听诗人娓娓道来；战事平静的时候，他与将士们谈天助兴；军情紧急的时候，将士们并肩作战，就在点兵的时间，大雪已经落满弓刀。

戍边的将士是粗鲁的，又是可爱的。夜幕降临的时候，岑参最喜欢和他们在一起烤火。听着他们一边善意地讥笑岑参文弱的身子，一边递给他加厚的棉袍，心中唯剩下感动。

他们是大唐真正的仪仗队！他们才是大唐真正的精神！有幸能成为这仪仗队中的一员，岑参深感荣幸，也从未曾后悔自己远离繁华失去的那些安逸。

岑参还记得西行经过玉门关时的情景。漫天的黄沙遮蔽了夕阳的光线，他信马由缰，马蹄敲击着地面，好像在和来自远古的声音共和一曲。他拿出长箫，却怎么也发不出声音。难道箫也有感情了吗？难道它也感受到了历史的声音？站在那断壁残垣边，他轻轻地叩击，真的听到了遥远的绝响。是李广、霍去病，还是那些匈奴人的声音呢？但他可以肯定的是，这声音不是呜咽和哀怨，而是强劲的进行曲。

“报——”一个士兵打断了岑参的思绪。

“何事?”

“大人，武判官要回京了。都护正在中军大帐设宴，请您去作陪。”

岑参要把塞外的生活告诉武判官，一首《白雪歌送武判官归京》，让他转告天下人：岑参不列天子阙，飞驰塞北沙如雪。

唐朝天空，百家争鸣抹不去

背景不时地在切换，而画面中的人物却始终如一——四个和尚与一匹白马。毋须多言，这便是世人皆知的《西游记》故事。

六尘不染能归一，万劫安然自在行。
无底船儿难过海，今来古往渡群生。

这是《西游记》中的一首诗，佛意十足，“六尘不染能归一”，旨在说明三教归一，三教即儒释道三家，他们在唐朝反反复复斗争，最终得到了完美的统一。

“大漠孤烟直，长河落日圆”“霜落熊升树，林空鹿饮溪”“春江潮水连海平，海上明月共潮生”……无论是赞美边疆美景，还是歌咏江南风情处处，诗中体现了“道法自然”。生存是快乐的，死亡是痛苦的，清静无为，与自然和谐相处，这便是唐朝人追求的“道法自然”，一种快乐的生活方式。

唐朝的开国君王李渊以道教教主李耳为李氏皇帝的远祖，立老君庙，并亲往拜谒。武德八年（625 年），还亲自到国子监正式宣布三教的地位：道教第一，儒学第二，佛教最后。随后的唐太宗虽然个人喜爱儒家，大崇儒学，但也并未改变道第一、儒第二的秩序。虽然他也笃信佛教，但为了确立李姓唐朝与道教教主李耳的亲属关系，他还是于贞观十一年（637 年）下诏，确定道士地位在僧尼之上。道教得到了统治者的支持，暂时取得了优势。

唐高宗同样崇道，以道教徒为自己的拥护者，而其后武则天崇佛，她召集僧道百官议《老子化胡经》，并下令搜聚天下《化胡经》一概焚弃，不得立在道经之内。这一来，佛教徒明显地占了优势。唐高宗死后，武则天明令规定，佛教在道教之上，僧尼处男女道士之前。唐朝发展到顶峰，佛教的势力已经非常强大了，“天下十分之财而佛有七八”“出财佐势者尽度法门”，大有佛教控制唐政权的危险。

等到了唐玄宗即位后，大兴道观，将崇道活动推向唐以来的最高潮，他并非从根本上反对佛教，只是以此来抑制佛教的过分发展，他的旨意也只在于维持三教间的平衡。

当然，唐朝正确始终是以儒家思想为指导的。但儒家思想此时并不是社会文化中的唯一思想，佛家、道家也逐渐渗透，占据了很大一部分人的思想。他们眼中的世间万物千差万别，他们脑中的人生意义大相径庭，他们心中的幸福定义有天壤之别，但他们却在唐朝这个盛世中，沿着各自的方向与道路自由地发展着。

在整个唐朝，儒、佛、道三家完全不同的思想，虽然地位时有变化，但其融合却一直在继续。不仅如此，来自其他国家的宗教，也在这里找到了一片属于自己的天地，作为基督教一个支派的景教于唐太宗时期进入中国传教；大食商人信奉的伊斯兰教也在唐朝境内的许多地区流传。

“朱门酒肉臭，路有冻死骨”，这是诗圣杜甫的名诗，批评统治集团残暴腐败、贪得无厌、不顾人民死活，造成贫富悬殊、社会不公正，人民难以生存下去，这是儒家民本思想的体现。

空山新雨后，天气晚来秋。
明月松间照，清泉石上流。
竹喧归浣女，莲动下渔舟。
随意春芳歇，王孙自可留。

王维《山居秋暝》清新自然，则是道家思想的随意从容。而慧能禅师的“菩提本无树，明镜亦非台。本来无一物，何处惹尘埃”是佛家思想的高神智慧。在唐朝的天空，在唐朝略无羁束的精神天空，它们共存。唐朝以博大的胸怀包罗来自各方的思想，它张开双臂，成为中国历史上又一次百家争鸣的时代，名家层出不穷，后来的禅宗、理学、心学——这些中国思想史上的代表性成果，就是在唐朝百家争鸣时奠定的基础。唐朝学者的足迹遍布印度、朝鲜、中亚、日本、阿拉伯等整个亚洲地区，甚至把中华文化传到欧洲。中国文化成为亚洲的一个重心，就是大唐时代形成的格局。

盛唐就像一个兼容并包的大家，这种包容性不仅仅体现在它的经济与国际交流上，还体现在其对待思想的态度上，且不论当时的宗教给予后世的是什么，至少它们都经历了大唐盛世的万千气象，都在大唐帝国的版图上留下了自己的足迹，留在诗句中，怎么也抹不去。

2017.9

后记

千古李杜，仰望大唐星空

作为一个诗人，总会希望自己生活在唐朝，作为唐朝的诗人，总希望自己能够结识“李杜”，即李白和杜甫。与之相识，从之游却也是当时文人朝臣的最大心愿。

君不见黄河之水天上来，奔流到海不复回。
君不见高堂明镜悲白发，朝如青丝暮成雪。
……

李白被称为诗仙，绝非浪得虚名。李白其诗风雄奇豪放，想象丰富，语言流转自然，音律和谐多变。“黄河之水天上来”，亏得李白敢想，也亏得他敢说。但细一想，黄河之水似乎只有从天上而来，此水也只应天上才有。“朝如青丝暮成雪”，朝夕变化之大，一切似从天陡降，到海不回。他的诗乍一看让人觉得不可思议，如同《秋浦歌》中“白发三千丈”一样不可思议，劈空而来，似大潮奔涌，似火山爆发，骇人心目。但白发虽然不能长到三千丈那么长，但与“缘愁似个长”相搭配，那白发又不止三千丈长了。愁生白发，人所共晓，而长达三千丈，该有多少深重的愁思。

白发三千丈，缘愁似个长。
不知明镜里，何处得秋霜。

李白善于从民歌、神话中汲取营养素材，构成其特有的瑰丽绚烂的色彩，这一点，在唐代还有一位诗人叫李贺，号“诗鬼”，堪与李白一比。两人均属浪漫主义风格，想象奇伟，用词夸张。但相比而言，李白诗多信笔挥洒，自然天成。李贺则多引用典章故事，刻意雕琢，用尽心机。从成就来看，二人不可相提并论。

从写诗的成就说，唯有杜甫堪与李白比肩。但二者的风格有所差异，杜甫的诗不像李白那样浪漫，但却在写实方面胜过李白。元稹曾经说过：“李白壮浪纵恣，摆去拘束，诚亦差肩子美矣。至若铺陈终始，排比声韵，大或千言，次犹数百，词气豪迈，而风调清深，属对律切，而脱弃凡近，则李尚不能历其藩翰，况堂奥乎。”白居易亦云：“杜诗贯穿古今，尽工尽善，殆过于李。”

如果说李白的诗着眼于一个超凡的世界，而杜甫的诗则主要着眼于今世民生。“安得广厦千万间，大庇天下寒士俱欢颜，风雨不动安如山。呜呼！何时眼前突兀见此屋，吾庐独破受冻死亦足！”什么时候眼前出现这样高耸的房屋，到那时即使我的茅屋被秋风吹破，我自己受冻而死也心甘情愿！

杜甫的诗歌创作，始终贯穿着忧国忧民这条主线，读他的诗，你的眼前会立时显现安史之乱后唐朝的社会民生。因而，杜甫被称为一代“诗史”。杜诗风格，基本上是“沉郁顿挫”，所以，杜甫以“诗史”之名列于青史。

不光是在诗的风格上，就是在性格上，两人也有很大的差异。与李白相比，杜甫就像一个循规蹈矩的学生。李白就在《戏赠杜甫》中这样说杜甫：

饭颗山头逢杜甫，头戴笠子日卓午。
借问别来太瘦生，总为从前作诗苦。

看上去杜甫你怎么像个农夫呢？是不是天天想着如何做好诗，想得如此消瘦呢？李白比杜甫年长十一岁，虽然二人的年龄足以形成代沟，但二者却一见如故，成为忘年交。其实杜甫也是李白的粉丝。杜甫曾写过一首著名的怀念诗《天末怀李白》，江湖险恶，秋水多风浪，如今的你，一切都还好吗？

凉风起天末，君子意如何？
鸿雁几时到，江湖秋水多。
文章憎命达，魑魅喜人过。
应共冤魂语，投诗赠汨罗。

李杜的年代是诗的黄金时期，也是诗家辈出的年代。著名的如“四明狂客”贺知章，他对李白推崇备至。第一次见李白，就兴奋地解下衣带上的金龟叫人出去换酒与李白共饮。李白瑰丽的诗歌和啸洒出尘的丰采令贺知章惊异万分，竟说：“此天上谪仙人也。”李白的偶像是孟浩然。“吾爱孟夫子，风流西天下闻”，李白是文人的偶像，孟浩然又是李白的偶像，由此可见孟浩然的非同一般了。其他的如王维、高适等，任意拿出一个，就足以在诗坛占据一席之地。

在人生经历上，李白活得潇洒，他一生的大部分时间就是仗着诗名在全国各地巡演和游历，在各地，他也受到了各地粉丝的疯狂追捧，“系马垂杨下，衔杯大道边。天边看绿水，海上见青山”，好不惬意。“白浮游四方，尝乘舟与崔宗之自采石至金陵，著宫锦袍坐舟中，旁若无人”，好一个飘逸的谪仙人。后来，李白被流放夜郎，由于各地官员自然大多是李白的粉丝，李白所到之处，不但没有遭受白眼，反倒处处受到礼遇，结果，他还没到流放之所就被大赦，而这次流放倒成了李白名副其实的一次走穴。

杜甫的人生经历要悲凉许多，如果说李白的放逐都成了游历，而杜甫的游历也像是流浪。在长安应试进士不中，处处遭人白眼。还没有完全脱离困境，就遇到了安史之乱，紧接着就被叛军扣押。刚刚在朝廷谋得一官半职，很快又因罪差点被杀，从此又过上了流离失所的生活。既然官没的做，杜甫的文章的价值就大打折扣，唐朝的文章没有稿费，而杜甫这样一个除了写诗之外“百无一用”的书生，在安史乱世，其生活之困顿可想而知。

两位最伟大的诗人一个游历，一个流浪。天宝三年（公元 744 年）的夏天，李白到了东都洛阳。在这里，他遇到正在蹭蹬不遇的杜甫。此时，李白已名扬全国，而杜甫风华正茂，却困守洛城。李白比杜甫年长十一岁，但他并没有以自己的才名而在杜甫面前倨傲；而“性豪业嗜酒”“结交皆老苍”的杜甫，也没有在李白面前一味低头称颂。两人以平等的身份，建立了深厚的友情。天宝四年（公元 745 年）秋天，李白与杜甫在东鲁第三次会见。短短一年多的时间，他们两次相约、三次会见，知交之情不断加深。

两个人之所以能够一见如故，除了在诗歌上的相互认同之外，在仕途上的怀才不遇也是把两个人迅速拉近的一个重要原因。两个人的仕途都不顺利，但李白比杜甫要幸运一些，由于贺知章的推荐，李白曾经被任为“供奉翰林”，曾获得“帝赐食，亲为调羹”的殊荣。虽然后来李白由于得罪权贵而被“赐金放还”，但毕竟还曾经拥有过。但杜甫则没有那么幸运了，杜甫先在长安应试落第，后来向皇帝献赋，向贵人投赠，过着“朝扣富儿门，暮随肥马尘，残杯与冷炙，到处潜悲辛”的生活，最后才得到右卫率府胄曹参军（主要是看守兵甲仗器、库府锁匙）的小官。不要说获得皇帝的眷顾，恐怕连皇帝的面也未见过。这就是偶像派和实力派的差异。

安史之乱也都是两个人的人生转折点，李白的为官情结使他加入永王幕府，结果获罪，被流放夜郎。而杜甫北上投奔肃宗，中途被叛军所获，逃脱后又因为房琯案差点被杀。他们的人生也都接近谢幕，不过诗文却永远流传，你听：

李杜文章在，光焰万丈长。
不知群儿愚，那用故谤伤。
蚍蜉撼大树，可笑不自量！
伊我生其后，举颈遥相望。
……

鲁第三次会见。短短一年多的时间，他们两次相约、三次会见，知交之情不断加深。

两个人之所以能够一见如故，除了在诗歌上的相互认同之外，在仕途上的怀才不遇也是把两个人迅速拉近的一个重要原因。两个人的仕途都不顺利，但李白比杜甫要幸运一些，由于贺知章的推荐，李白曾经被任为“供奉翰林”，曾获得“帝赐食，亲为调羹”的殊荣。虽然后来李白由于得罪权贵而被“赐金放还”，但毕竟还曾经拥有过。但杜甫则没有那么幸运了，杜甫先在长安应试落第，后来向皇帝献赋，向贵人投赠，过着“朝扣富儿门，暮随肥马尘，残杯与冷炙，到处潜悲辛”的生活，最后才得到右卫率府胄曹参军（主要是看守兵甲仗器、库府锁匙）的小官。不要说获得皇帝的眷顾，恐怕连皇帝的面也未见过。这就是偶像派和实力派的差异。

安史之乱也都是两个人的人生转折点，李白的为官情结使他加入永王幕府，结果获罪，被流放夜郎。而杜甫北上投奔肃宗，中途被叛军所获，逃脱后又因为房琯案差点被杀。他们的人生也都接近谢幕，不过诗文却永远流传，你听：

> 李杜文章在，光焰万丈长。
> 不知群儿愚，那用故谤伤。
> 蚍蜉撼大树，可笑不自量！
> 伊我生其后，举颈遥相望。
> ……

李颜垒，男，河南许昌人，青年作家，郑州大学广告学学士，厦门大学传播学硕士，读书成痴，精耕文史，将古典文化与现代情感融合创作，出版作品《最美不过诗经》《最是诗经惹情扉》《归来，最美的诗经》《归来，最美的宋词》等14部，畅销多年，多次加印。

作者响应教育部的新课程改革，对经典的唐诗进行整理和赏析，从青少年读者的视角去认识和评价经典唐诗，引导青少年读者在古诗词的阅读中形成人文素养的积淀，增加古诗词的文学储备量，建立起自己对古诗词的评价体系，增强青少年的通今博古、融会贯通和学以致用的综合语文能力。

策划编辑：崔姜薇 | 138 1017 0076 cuijiangwei@hotmail.com
责任编辑：郭国玺 | 137 1893 6117 1064482164@qq.com
插图手绘：段天舒 dyxsh123456@qq.com

古诗词

“青少年四季古诗词”书系

上架建议 古诗词/青少读物

ISBN 978-7-5136-4899-8

9 787513 648998 >

定价：39.80元

《最美的四季唐诗》描红本

青少版

李颜垒◎著
段天舒◎图

中国经济出版社
CHINA ECONOMIC PUBLISHING HOUSE
·北 京·

春晓　孟浩然

春眠不觉晓，处处闻啼鸟。

夜来风雨声，花落知多少。

闺怨　王昌龄

闺中少妇不知愁，春日凝

妆上翠楼。忽见陌头杨

柳色，悔教夫婿觅封侯。

登幽州台歌　陈子昂

前不见古人，后不见来

者，念天地之悠悠，独

怆然而涕下。

月下独酌　李白

花间一壶酒，独酌无相

亲。举杯邀明月，对影成三人。

春江花月夜　张若虚

江天一色无纤尘，皎皎空中孤月轮。江畔何人初见月，江月何年初照人。人生代代无穷已，江月年年只相似。不知江月待何人，但见长江送流水。

正月十五夜灯　张祜

千门开锁万灯明，正月中旬动帝京。三百内人连袖舞，一时天上著词声。

霓裳羽衣曲　李隆基

开元天子万事足，唯惜当时光景促。三乡陌上望仙山，归作霓裳羽衣曲。仙心从此在瑶池，三清八景相追随。天上忽乘白云去，世间空有秋风词。

吴道子华清宫图　朱翌

鸾吟凤舞纷层空，岂不大胜游月宫。向非道子妙绝笔，那见开元全盛日。

草书歌行　李白

少年上人号怀素，草书天

下称独步。墨池飞出北溟鱼，笔锋杀尽中山兔。八月九月天气凉，酒徒词客满高堂。笺麻素绢排数厢，宣州石砚墨色光。吾师醉后倚绳床，须臾扫尽数千张。飘风骤雨惊飒飒，落花飞雪何茫茫。起来向壁不停手，一行数字大如斗。恍恍如闻神鬼惊，时时只见龙蛇走。左盘右蹙如惊电，状同楚汉相攻战。湖南七郡凡几

家，家家屏障书题遍。王逸少，张伯英，古来几许浪得名。张颠老死不足数，我师此义不师古。古来万事贵天生，何必要公孙大娘浑脱舞。

上吏部侍郎帝京篇

骆宾王

山河千里国，城阙九重门。不睹皇居壮，安知天子尊。

第安古意　卢照邻

长安大道连狭斜，青牛白

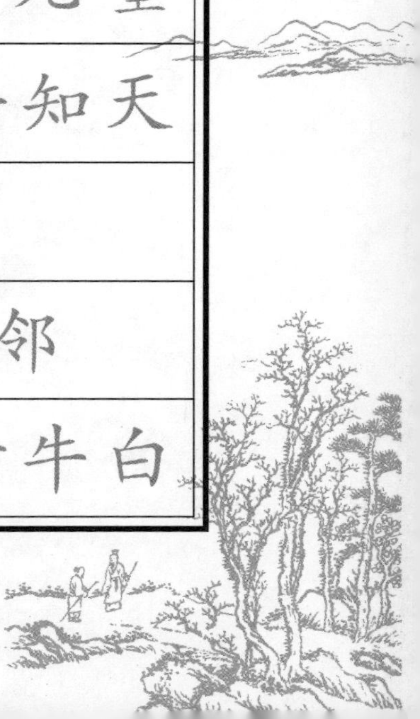

马七香车。玉辇纵横过主第，金鞭络绎向侯家。龙衔宝盖承朝日，凤吐流苏带晚霞。百丈游丝争绕树，一群娇鸟共啼花。

登科后　孟郊

昔日龌龊不足夸，今朝放荡思无涯。春风得意马蹄疾，一日看尽长安花。

子夜吴歌秋歌　李白

长安一片月，万户捣衣声。秋风吹不尽，总是玉关情。何日平胡虏，良人

罢远征。

宿湖中 白居易

水天向晚碧沉沉，树影霞光重叠深。浸月冷波千顷练，苞霜新橘万株金。幸无案牍何妨醉，纵有笙歌不废吟。十只画船何处宿，洞庭山脚太湖心。

泛太湖书事，寄微之

白居易

烟渚云帆处处通，飘然舟似入虚空。玉杯浅酌巡初匝，金管徐吹曲未终。黄夹缬林寒有叶，碧琉璃水净无风。避旗飞鹭翩翻白，惊鼓跳鱼拨刺红。涧雪压多松偃蹇，岩泉滴久石玲珑。书为故事留湖上，吟作新诗寄浙东。军府威容从道盛，江山气色定知同。报君一事君应羡，五宿澄波皓月中。

重过圣女祠　李商隐

白石岩扉碧藓滋，上清沦谪得归迟。一春梦雨常飘瓦，尽日灵风

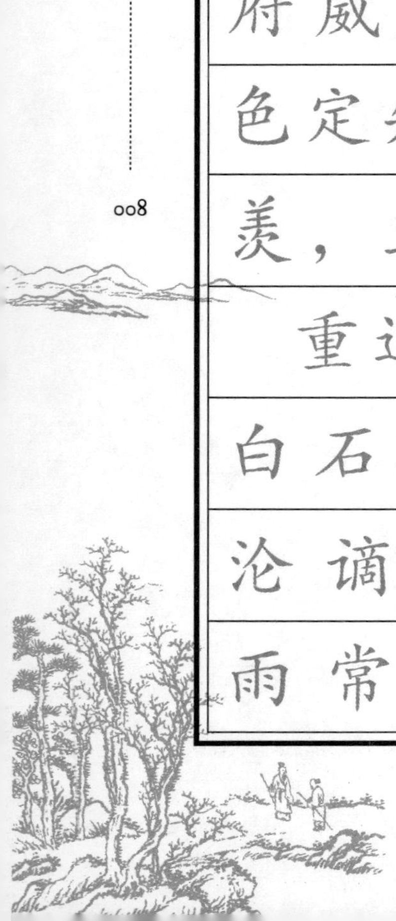

不满旗。萼绿华来无定所，杜兰香去未移时。玉郎会此通仙籍，忆向天阶问紫芝。

锦瑟　李商隐

锦瑟无端五十弦，一弦一柱思华年。庄生晓梦迷蝴蝶，望帝春心托杜鹃。沧海月明珠有泪，蓝田日暖玉生烟。此情可待成追忆，只是当时已惘然。

夜雨寄北　李商隐

君问归期未有期，巴山夜

雨涨秋池。何当共剪西窗烛，却话巴山夜雨时。

楚吟　李商隐

山上离宫宫上楼，楼前宫畔暮江流。楚天长短黄昏雨，宋玉无愁亦自愁。

南陵道中　杜牧

南陵水面漫悠悠，风紧云轻欲变秋。正是客心孤迥处，谁家红袖凭江楼。

游崇真观南楼，睹新及第题名处　鱼玄机

云峰满目放春晴，历历银

钩指下生。自恨罗衣掩诗句，举头空羡榜中名。

早春夜宴　武则天

九春开上节，千门敞夜扉。兰灯吐新焰，桂魄朗圆辉。送酒惟须满，流杯不用稀。务使霞浆兴，方乘泛洛归。

春游曲　长孙皇后

上苑桃花朝日明，兰闺艳妾动春情。井上新桃偷面色，檐边嫩柳学身轻。花中来去看舞蝶，树上长短

听啼莺。林下何须远借
问，出众风流旧有名。

渔歌子　张志和

西塞山前白鹭飞，桃花流
水鳜鱼肥。青箬笠，绿蓑
衣，斜风细雨不须归。

客中行　李白

兰陵美酒郁金香，玉碗盛
来琥珀光。但使主人能醉
客，不知何处是他乡。

和张燕公耗磨日饮
赵冬曦

上月今朝减，流传耗磨

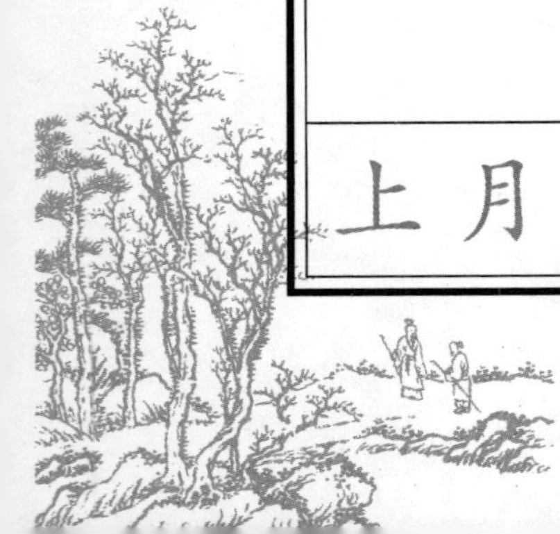

辰。还将不事事，同醉俗中人。春来半月度，俗忌一朝闲。不酌他乡酒，无堪对楚山。

饮中八仙歌　杜甫

李白斗酒诗百篇，长安市上酒家眠。天子呼来不上船，自称臣是酒中仙。

花下自劝酒　白居易

酒盏酌来须满满，花枝看即落纷纷。莫言三十是年少，百岁三分已一分。

过张成侍御宅　钱起

笙歌登画船，十日清明前。山秀白云腻，溪光红粉鲜。欲开未开花，半阴半晴天。谁知病太守，犹得作茶仙。

与赵莒茶宴　钱起

竹下忘言对紫茶，全胜羽客醉流霞。尘心洗尽兴难尽，一树蝉声片影斜。

笑歌行　李白

君爱身后名，我爱眼前酒。饮酒眼前乐，虚名何处有。

清平调　李白

云想衣裳花想容，春风拂槛露华浓。若非群玉山头见，会向瑶台月下逢。

将进酒　李白

君不见黄河之水天上来。奔流到海不复回。君不见高堂明镜悲白发。朝如青丝暮成雪。人生得意须尽欢。莫使金樽空对月。天生我材必有用。千金散尽还复来。烹羊宰牛且为乐。会须一饮三百杯。岑

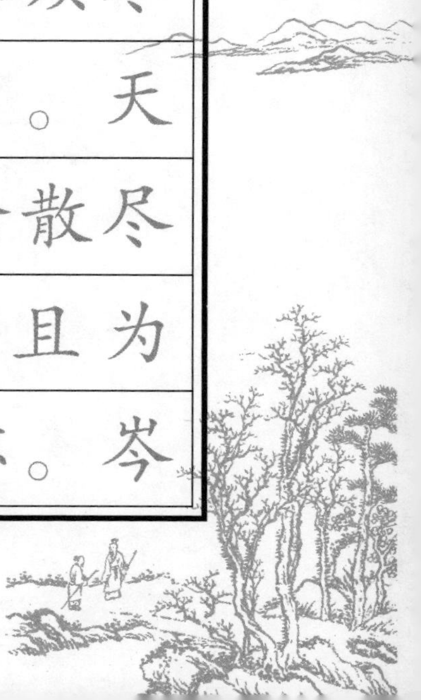

夫子，丹丘生，将进酒，杯莫停。与君歌一曲，请君为我倾耳听。钟鼓馔玉不足贵，但愿长醉不复醒。古来圣贤皆寂寞，惟有饮者留其名。陈王昔时宴平乐，斗酒十千恣欢谑。主人何为言少钱，径须沽取对君酌。五花马，千金裘，呼儿将出换美酒，与尔同销万古愁。

夜归鹿门歌　孟浩然

山寺钟鸣昼已昏，渔梁渡

头争渡喧。人随沙岸向江村，余亦乘舟归鹿门。鹿门月照开烟树，忽到庞公栖隐处。岩扉松径长寂寥，惟有幽人自来去。

过故人庄　孟浩然

故人具鸡黍，邀我至田家。绿树村边合，青山郭外斜。开轩面场圃，把酒话桑麻。待到重阳日，还来就菊花。

江边柳　鱼玄机

翠色连荒岸，烟姿入远

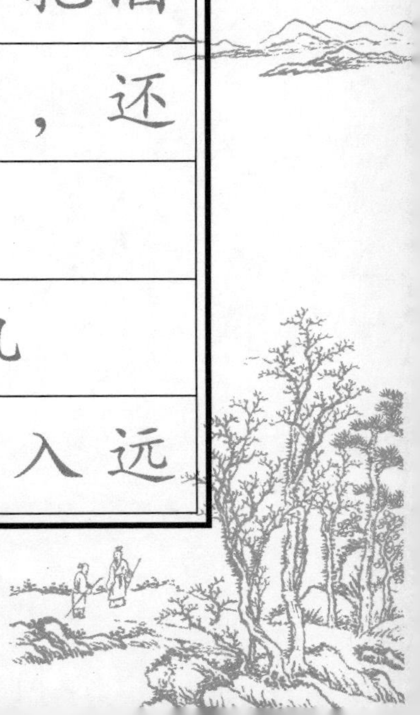

楼。影铺秋水面，花落钓人头。根老藏鱼窟，枝底系客舟。萧萧风雨夜，惊梦复添愁。

冬夜寄温飞卿　鱼玄机

苦思搜诗灯下吟，不眠长夜怕寒衾。满庭木叶愁风起，透幌纱窗惜月沈。疏散未闻终遂愿，盛衰空见本来心。幽栖莫定梧桐树，暮雀啾啾空绕林。

秋浦歌　李白

白发三千丈，缘愁似个长。

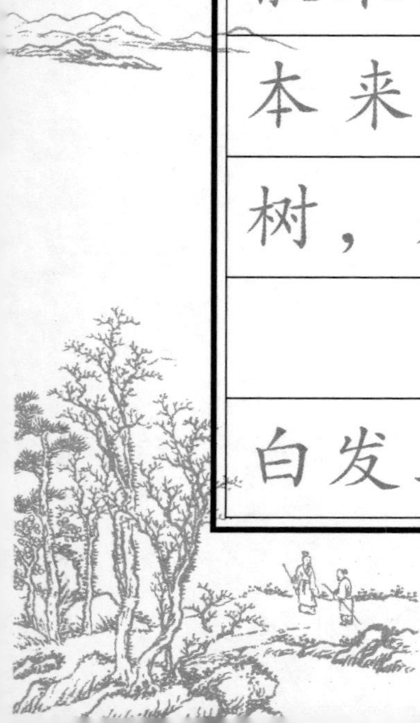

不知明镜里，何处得秋霜。

戏赠杜甫　李白

饭颗山头逢杜甫，头戴笠子日卓午。借问别来太瘦生，总为从前作诗苦。

天末怀李白　杜甫

凉风起天末，君子意如何？鸿雁几时到，江湖秋水多。文章憎命达，魑魅喜人过。应共冤魂语，投诗赠汨罗。

舟中晓望　孟浩然

挂席东南望，青山水国

遥。舳舻争利涉，来往接
风潮。问我今何适？天台
访石桥。坐看霞色晓，疑
是赤城标。

终南别业　王维

中岁颇好道，晚家南山
陲。兴来每独往，胜事空
自知。行到水穷处，坐看
云起时。偶然值林叟，谈
笑无还期。

舟中晓望　孟浩然

挂席东南望，青山水国
遥。舳舻争利涉，来往接

风潮。问我今何适？天台访石桥。坐看霞色晓，疑是赤城标。

金陵城西楼月下吟　李白

金陵夜寂凉风发，独上高楼望吴越。白云映水摇空城，白露垂珠滴秋月。月下沉吟久不归，古来相接眼中稀。解道澄江净如练，令人长忆谢玄晖。

把酒问月　李白

青天有月来几时？我今停杯一问之。人攀明月不可

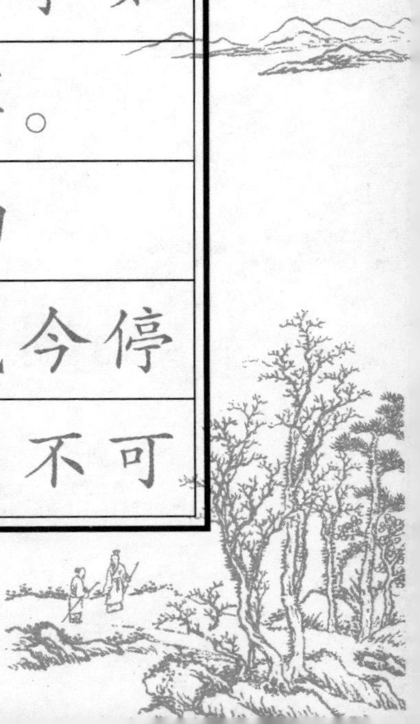

得，月行却与人相随。皎如飞镜临丹阙，绿烟灭尽清辉发。但见宵从海上来，宁知晓向云间没。白兔捣药秋复春，嫦娥孤栖与谁邻？今人不见古时月，今月曾经照古人。古人今人若流水，共看明月皆如此。唯愿当歌对酒时，月光长照金樽里。

鸟鸣涧　王维

人闲桂花落，夜静春山空。月出惊山鸟，时鸣春涧中。

玄都观桃花 刘禹锡

紫陌红尘拂面来，无人不道看花回。玄都观里桃千树，尽是刘郎去后栽。

再游玄都观 刘禹锡

百亩庭中半是苔，桃花净尽菜花开。种桃道士归何处？前度刘郎今又来。

秋词 刘禹锡

古人逢秋悲寂寥，我言秋日胜春朝。晴空一鹤排云上，便引诗情到碧霄。

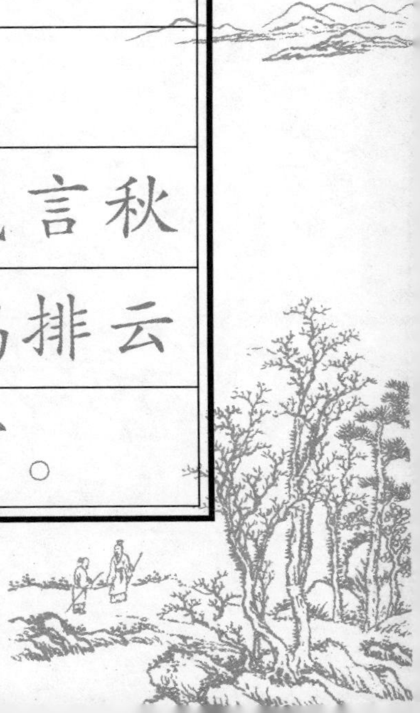

酬乐天扬州初逢席上见赠

刘禹锡

巴山楚水凄凉地，二十三年弃置身。怀旧空吟闻笛赋，到乡翻似烂柯人。沉舟侧畔千帆过，病树前头万木春。今日听君歌一曲，暂凭杯酒长精神。

走马川行奉送封大夫出师西征　岑参

君不见走马川行雪海边，平沙莽莽黄入天。轮台九月风夜吼，一川碎石大如斗，随风满地石乱走。匈奴草黄马正肥，金山西见烟尘飞，汉家大将西出师。将军金甲夜不脱，半夜军行戈相拨，风头如刀面如割。马毛带雪汗气蒸，五花连钱旋作冰，幕中草檄砚水凝。虏骑闻之应胆慑，料知短兵不敢接，军师西门伫献捷。

凉州词　王翰

葡萄美酒夜光杯，欲饮琵琶马上催。醉卧沙场君莫笑，古来征战几人回。

从军行　王昌龄

青海长云暗雪山，孤城遥
望玉门关。黄沙百战穿金
甲，不破楼兰终不还。

在狱咏蝉　骆宾王

西陆蝉声唱，南冠客思侵。
那堪玄鬓影，来对白头吟。
露重飞难进，风多响易沉。
无人信高洁，谁为表予心。

夕次蒲类津　骆宾王

二庭归望断，万里客心
愁。山路犹南属，河源自

北流。晚风迷朔气，新瓜照边秋。灶火通军壁，烽烟上戍楼。龙庭但苦战，燕颔会封侯。莫作兰山下，空令汉国羞。

山中　王勃

长江悲已滞，万里念将归。
况属高风晚，山山黄叶飞。

别毡帐火炉　白居易

忆昨腊月天，北风三尺雪。
年老不禁寒，夜长安可彻。
赖有青毡帐，风前自张设。
复此红火炉，雪中相暖热。

雪夜对酒招客　白居易

帐小青毡暖，杯香绿蚁新。醉怜今夜月，欢忆去年人。暗落灯花烬，闲生草座尘。殷勤报弦管，明日有嘉宾。

凉州词　张籍

边城暮雨雁飞低，芦笋初生渐欲齐。无数铃声遥过碛，应驮白练到安西。

焉耆　张球

万里聘焉耆，奔程踏丽龟。碛深嗟孤独，山远象

蛾眉。水陆分三郡，风流效四夷。故城依绝域，无日不旋师。

奉赠韦左丞丈二十二韵

杜甫

读书破万卷，下笔如有神。
赋料杨雄敌，诗看子健亲。
李邕求识面，王翰愿卜邻。
自谓颇挺出，立登要路津。
致君尧舜上，再使风俗淳。

清明　杜牧

清明时节雨纷纷，路上行人欲断魂。借问酒家何处

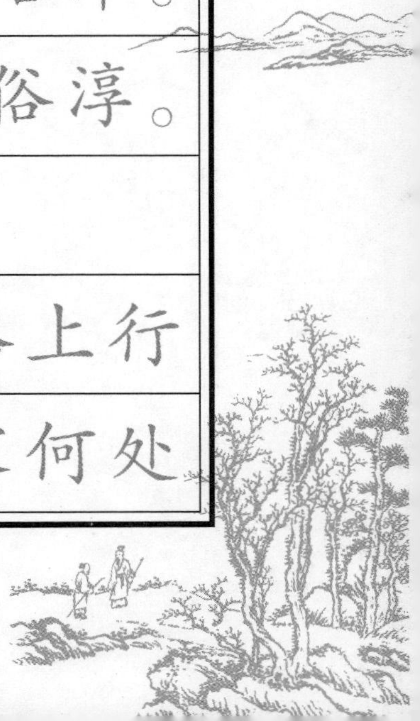

有，牧童遥指杏花村。

叹花　杜牧

自是寻春去较迟，不须惆怅怨芳时。狂风落尽深红色，绿叶成阴子满枝。

遣怀　杜牧

落魄江湖载酒行，楚腰纤细掌中轻。十年一觉扬州梦，赢得青楼薄幸名。

陇西行　陈陶

黠虏生擒未有涯，黑山营阵识龙蛇。自从贵主和亲后，一半胡风似汉家。

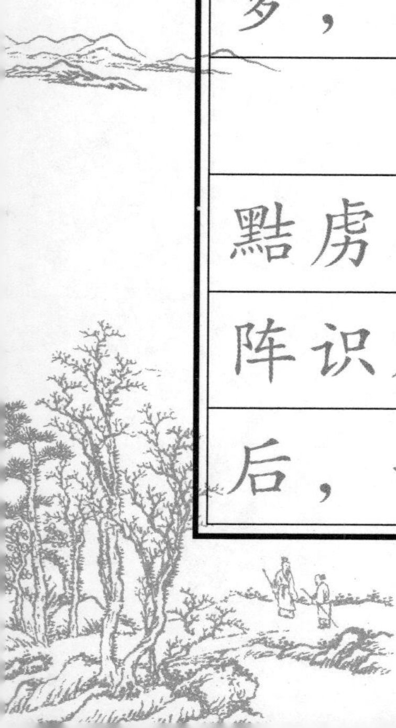

忆昔二首　杜甫

忆昔开元全盛日，小邑犹藏万家室。稻米流脂粟米白，公私仓廪俱丰实。忆昔先皇巡朔方，千乘万骑入咸阳。阴山骄子汗血马，长驱东胡胡走藏。

白雪歌送武判官归京　岑参

北风卷地白草折，胡天八月即飞雪。忽如一夜春风来，千树万树梨花开。散入珠帘湿罗幕，狐裘不暖锦衾薄。将军角弓不得控，

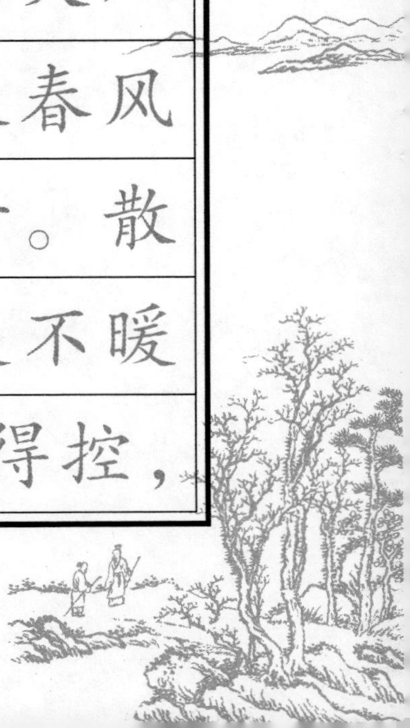

都护铁衣冷难着。瀚海阑干百丈冰，愁云惨淡万里凝。中军置酒饮归客，胡琴琵琶与羌笛。纷纷暮雪下辕门，风掣红旗冻不翻。轮台东门送君去，去时雪满天山路。山回路转不见君，雪上空留马行处。

山居秋暝　王维

空山新雨后，天气晚来秋。
明月松间照，清泉石上流。
竹喧归浣女，莲动下渔舟。
随意春芳歇，王孙自可留。